KB079877

학교 출입 금지

코르네이 추콥스키 성장소설

학교 출입 금지

김서연 옮김

호메로스

차례

전화선 사건   9

'그래-그래-그래!'   17

쥬자   26

우울한 하굣길   32

친딜린데르   38

어머니와 포마삼촌   46

다시 학교에서   59

무냐의 등 뒤에서   71

학교 출입 금지   81

싸움과 승리   91

크리스천처럼, 형제처럼   106

집에서 집으로   118

진심어린 충고   127

짧은 휴식   135

드라콘디디   146

달빛 아래서   159

월요일   169

화가가 되다   175

공부를 계속하다   182

'혐오스런 꼬락서니'   189

모두 허사가 되다   194

삶이 다시 시작되다   205

뜻밖의 사건   210

진실은 어디에?   217

재판   224

크고 작은 변화   236

에필로그   244

전화선 사건

주예프는 구리, 양철, 나무, 종이 등으로 만든 조그만 성상들을 책가방에서 꺼내 책상 위에 늘어놓고는 일일이 순서대로 입을 맞추었다. 만약 하나라도 빠뜨리면 화가 난 성상이 어떤 흉악한 화풀이를 할지도 모른다는 생각에 두려웠기 때문이다.

주예프가 그렇게 기도한 데는 까닭이 있었다. 3~4분 후에는 11일 동안이나 우리를 기다렸던 무서운 받아쓰기가 시작되기 때문이다.

11일 전, 우리가 '여섯눈'이라 부르는 부르그메이스테르 교장선생이 높은 구두뒤축으로 바닥을 두드리며 우리 교실에 들어와, 마치 시를 낭송하는 것처럼 리듬을 붙인 엄숙한 목소리로 말했다.

"우리 학구의 관할 후견인이신 니콜라이 페르디난도비치 폰 류스티흐 백작님께서 우리 학교를 방문하셔서 하루 동안 여러분을 행복하게 해주실 겁니다. 아마도 여러분의 러시아어 받아쓰기 수업에 참관하길 고대하고 계실 거예요."

바로 그날이 닥쳐온 것이다.

나는 특히 나와 가장 친한 티모샤 마카로프가 안타까웠다.
내 자리에서 비스듬한 뒤쪽에 앉아 있는 그 친구는 최근 티푸
스를 앓느라 학업 진도가 몹시 뒤쳐진 상태였다. 귀가 늘어지
고 주근깨투성이인 그의 빨간 얼굴에는 죽을 것 같은 공포가
서려 있었다.

"티모샤…… 기다려 봐…… 좋은 생각이 있어!"

나는 얼른 종이 연 꼬리에 매려고 두었던 실을 주머니에서
꺼내 한쪽 끝을 내 발목에 매고 다른 한쪽을 티모샤에게 내밀
었다.

"빨리 발목에 매…… 단단히 매야 해!"

티모샤가 실을 매는 동안 나는 말했다.

"내가 한 번 잡아당기면 쉼표, 두 번은 느낌표, 세 번은 물음
표, 네 번 당기면 쌍점이야, 알았어?"

티모샤는 기뻐서 고개를 끄덕이며 무슨 말인가를 하려고 애
를 썼다. 하지만 심한 말더듬이였기 때문에 그의 입에서는 고
작 몇 마디 이상한 소리와 침만 튀어나왔다.

티모샤 옆에는 작고 약삭빠른 곱슬머리 무냐 블로힌이 앉아
있었다. 그는 당장 책상 밑에 기어들어 전화망을 연결했다.

블로힌은 이런 기막히게 훌륭한 발명의 혜택을 어느 한 아이
만 독차지하게 내버려둘 수 없었다. 티모샤의 뒷자리는 유급생
브가이였다. 그에게도 전화선을 연결해 줄 필요가 있었다.

블로힌은 주머니에서 가느다란 실을 꺼내 티모샤와 브가이

를 연결했고, 브가이는 재빨리 그것을 자기의 오른쪽 발목에 맸다.

브가이의 옆자리는 우리 학급의 꼴찌 쥬자 코젤스키였다. 그는 울보였고, 귀찮게 구걸하는 거지 근성을 가진 비겁자였다. 하지만 그에게도 선을 연결해 주어야만 했다. 안 그러면 그가 넋두리를 하며 울어대서 우리의 계획을 모두 폭로하고 말 테니까.

쥬쟈 코젤스키의 뒷자리, 그러니까 우리가 '캄차카'라고 부르는 교실 맨 끝자리에는 학교에서 아둔패기 건달로 유명한 '딱부리' 바벤티코프 형제가 앉아 있었다. 그들의 주먹은 쇠뭉치처럼 강하고 단단했다. 그들에게도 전화선을 연결하지 않으면 안 되었다. 블로힌이 한 번 더 반복했다.

"잊어버리지 마! 한 번은 쉼표, 두 번은 느낌표, 세 번은 물음표, 네 번은 쌍점이야. 다들 알았지?"

주예프는 성호를 긋고 뭐라고 기도문을 웅얼거렸지만, 곁눈으로는 내내 나와 블로힌을 지켜보았다. 그러다 갑자기 성상을 그러모아 책가방에 집어넣고, 목에 걸었던 끈을 풀어 책상 밑에 무릎을 꿇고서 경제적으로 내 발목에 직접 연결해 맸다.

우리 학급에서 나는 받아쓰기 챔피언으로 통했다. 왠지는 모르지만, 나는 일곱 살 무렵부터 아무리 복잡한 문구라도 전혀 틀리지 않게 받아쓸 줄 알았다. 쉼표 하나조차도 잘못 찍는 일이 없었다.

다른 과목의 성적은 가끔 떨어질 때도 있었지만, 러시아어 과목만은 달랐다. 비록 잉크얼룩 때문에 노트 점수가 1점인 적은 있어도, 성적은 항상 5점 만점이었다. 당시에 나는 잉크얼룩이 생기지 않도록 글씨를 쓸 줄 몰랐다. 받아쓰기가 끝난 뒤에는 일부러 손가락을 잉크병에 집어넣기라도 한 것처럼 항상 잉크범벅이 되곤 했다.

교실 문이 열렸다. 하지만 문 안으로 들어선 사람은 11일 동안이나 우리를 두렵게 했던 류스티흐 후견인도, 부르그메이스테르 교장선생도 아니었다. 우락부락하고 못생긴, 웬 낯선 사람이었다. 그는 교실에 들어와서는 우리를 쳐다보지도 않고, 무표정한 얼굴로 빠르게 받아쓰기 문장을 읽어 나가기 시작했다.

드디어 내 오른발이 일을 시작했다! 받아쓰기가 계속되는 동안 나는 발을 당기고, 당기고, 또 당겼다. 눈앞이 흐려져 앞이 보이지 않을 지경이었다.

내 기억으로는 처음부터 끝까지 받아쓴 글은 다음과 같았다.
'그날(한 번 당김), 숲과 늪에서 군사를 이끈(한 번 당김), 용감한 지도자 이고리는(한 번 당김), 적군이 진을 친(한 번 당김), 들판 한가운데에서(한 번 당김), 불길한 먼지구름이 일어나는 것을(한 번 당김), 보고(한 번 당김), 이렇게 말했다(네 번 당김): 조국을 위해 목숨을 바치는 일이 얼마나 행복한가(두 번 당김)!'

교실 책상은 마치 경련이 일어난 것처럼 흔들렸다. 나는 주예프, 티모샤, 무냐에게 열심히 신호를 보냈다. 티모샤는 브가이에게 전했고, 무냐는 코젤스키와 바벤티코프 형제에게 신호를 전달했다.

받아쓰기가 끝나자 우락부락하고 못생긴, 그 낯선 사람은 여전히 무표정인 얼굴로 우리의 노트를 모아서는 더 이상은 아무 볼일도 없다는 듯 교실을 떠났다. 나중에야 우리는 그가 류스티흐 후견인의 사무실에서 나온 직책이 높은 관리라는 걸 알았다.

그리고 구원을 받은 여섯 명의 반 아이들은 나를 고마워했다! 쥬쟈 코젤스키는 자기 비둘기를 한 마리 주겠다고 했고, 바벤티코프 형제는 모자에 건포도를 가득 채워다 주겠다고 약속했다. 바벤티코프 형제의 아버지는 우리 도시에서 제일가는 상점을 예까테리닌스카야 거리에서 운영하고 있었는데, 거기에서는 무화과, 대추야자, 코코넛, 터키식의 달콤한 벌꿀과자 따위를 팔았다.

일주일 후, 그 낯선 사람이 우리 반 담임인 플료로프 선생을 동반하고 나무처럼 뻣뻣한 걸음걸이로 교실에 들어왔다. 그는 학구의 관할 후견인인 폰 류스티흐 백작님의 지시에 따라 위원회는 우리가 받아쓰기를 한 노트를 가지고 학생들의 학업성취 여부를 조사했다고 말했다. 그리고는 여전히 무표정한 얼굴로 덧붙였다.

"그 결과, 한 가지 이상한 점을 발견했어요."

낯선 사람은 노트들을 뒤적이면서 찾았다.

"여기 그리고리 주예프와 이오시프 코젤스키…… 칠판 앞으로 나와 주겠어요?"

주예프와 코젤스키는 만족스런 얼굴로 칠판 앞으로 나갔다. 그들은 이제 받게 될 칭찬을 기대하며 겸손하게 거드름을 피웠다.

낯선 사람은 그들을 주시하더니 갑자기 완전히 살아 있는 미소를 지었다. 놀란 학생들 따윈 아랑곳하지 않고 그는 칠판 쪽으로 돌아서서 분필로 다음과 같이 썼다.

그날 : 용감한 지도자 이고리는? 숲과 늪에서 군사가
이끈, 들판에서 보고? 진을 친, 적들이 일어났다!?
불길한 먼지의 구름이?

"3학년인 이오시프 코젤스키 학생은 이렇게 받아썼어요. 물론 이런 받아쓰기는 1점도 지나치게 높은 점수지요. 우리는 코젤스키에게 그리고리 주예프와 똑같이 빵점을 주기로 했어요."

그 말을 듣자 모두 "와아~!" 하고 웃음을 터뜨렸다. 어떤 아이는 휘파람까지 불었다. 마침내 낯선 사람은 나무처럼 뻣뻣한 손가락으로 교탁을 탁탁 두드렸고, 이번에는 전혀 웃지 않고 말했다.

"그뿐만이 아니에요. 여러분 가운데는 빵점에도 못 미치는 학생도 있어요. 막심 바벤티코프와 알렉산드르 바벤티코프······.
알렉산드르의 노트에는 이렇게 적혀 있네요."

그는 다시 칠판에 알렉산드르가 받아쓴 문장을 적었다.

**그날 용감한 지도자, 이고리는 숲, 과 늪, 에서 군사를,
보았다 이끈, 적군이 진을 친 들판, 한가운데에서 일어
났다, 불길한 먼지: 구름이 그가 말했다, 행복하게 죽는
것이다, 조국을 위해**

이런 비극적인 사건이 벌어진 까닭은, 그 당시 내가 글씨를
쓰는 속도보다 녀석들의 속도가 빨랐던 데 있었다. 게다가 잉
크얼룩도 심하게 나를 방해했다. 내가 세 번째나 네 번째 낱말
을 가까스로 썼을 때 다른 녀석들은 벌써 일곱 번째나 아홉 번
째 낱말을 쓰고 있었던 것이다. 내 전화선 신호를 맹목으로 기
대한, 멀리 맨 뒷자리에 앉았던 녀석은 머리는 조금도 쓰지 않
고 준비된 신호에 따라 때로는 한 낱말을 반으로 나누기조차
하며 단어마다 쉼표를 찍었다. 받아쓰기가 세상에 생기고 나서
아무리 구제불능인 멍청이라도 이런 짓을 저지르지는 않았을
것이다.

그날 이후 나는 오랫동안 기침을 할 수도, 웃을 수도, 숨을 몰
아쉴 수도, 재채기를 할 수도 없었다. 바벤티코프 형제가 즐겨
쓰는 방식으로 표현한, 동갑내기 녀석들에게 받은 감사의 답례

때문에 갈비뼈가 아파서 옴짝달싹도 할 수 없었다. 나는 쓸데없이 그들에게 '아무리 대단한 발명품도 처음부터 완전한 건 하나도 없다'는 걸 증명하려고 했다. 그들은 듣지 않았다. 내 눈물과 항의에는 귀머거리가 되었다.

나는 4일이 지나서야 겨우 학교에 갈 수 있었다.

학교에 가보니 복도나 교실에서 모두들 전화선 얘기뿐이었다.

그러나 여섯눈은 전혀 모르는 체하는 쪽을 택했다. 이렇게 시치미를 떼지 않는다면, 특별한 이유로 역성을 들어주어야 하는 바벤티코프 형제와 그리고리 주예프를 처벌하지 않을 수 없었기 때문이다.

머지않아 시험기간이 시작되었고, 나는 전화선 사건에 관해서는 까맣게 잊었다. 하지만 2년 후 5학년이 되었을 때, 지금부터 내가 이야기할 불행한 사건이 발생했다. 이 사건은 나의 전화선 사건을 떠올리게 했고, 나는 내 평생 잊을 수 없는 심한 벌을 받았다.

이 불행한 사건의 원인 제공자는 우리 학교의 신부였다.

'그래-그래-그래!'

신부의 이름은 멜레티였다. 그는 좋은 사람이 되려고 무척 애를 썼지만, 아주 노여움을 잘 타는 사람이었기 때문에 결과는 나쁘기만 했다. 상냥한 목소리로 "우리는 친구와 원수를 모두 사랑해야만 한다."고 조용히 말하다가도 불현듯 화가 나서 얼굴이 새파래지곤 했다.

"감히 내 앞에서 웃다니. 무슨 짓이야! 본다르추크, 왜 히히대는 거지?"

"저 히히대지 않았어요, 신부님!"

"아니야, 웃었어! 저 뒤에 학생들이 모두 웃었다고! 여기 로보다가 웃지 않았어! 주예프가 웃지 않았지! 코샤코프가 웃지 않았단 말이다! 그렇지만 너희는 웃었잖아! 대체 뭐가 우습다는 거지?"

"우리는 웃지 않았어요, 신부님!"

수업 중에도 그는 언제나 뭔가에 마음을 빼앗긴 듯 보였다. 턱수염을 움켜잡고 한 곳을 응시하며 꿈을 꾸듯이 중얼거렸다.

"그래-그래, 그래-그래, 그래!"

학생이 질문에 대답하는 동안에도 그는 그 학생을 바라보지 않고 먼 뒤를 바라보는 듯한 시선으로 자기 질문에 스스로 대답하듯이 되풀이했다.

"그래-그래-그래!"

어느 날 나는 그가 수업 중에 '그래'를 몇 번이나 하는지 세어 보고 싶어졌다. 나는 손가락 끝에 매번 침을 묻혀서 책상 위에 적기 시작했다.

30······ 40······ 48······ 53······ 60······.

옆자리에서 그리고리 주예프가 나를 보고 있었다. 처음에는 내 계산을 무심코 쳐다보기만 하더니, 곧 주예프도 손가락 끝에 침을 묻혀서 책상 위에 숫자를 쓰기 시작했다. 그즈음 교실 분위기는 딴전을 피우기 딱 좋을 만큼 풀어져 있었다.

우리는 둘 다 그 일에 몰두하여 한참은 초조하게 서둘렀다. 무언가에 정신을 빼앗기고 있던 신부가 "그래-그래-그래" 하고 되풀이할 때마다 우리는 기다렸다는 듯이 먼저 쓴 숫자를 손바닥으로 지우고 얼른 새로운 숫자를 썼다. 새로운 '그래'가 나올 때마다 속으로 승리의 만세를 불렀다.

그러다 나는 주예프가 엉터리 셈을 하고 있다는 걸 알아챘다. 그는 211이라고 써야 하는 대신 290이라고 썼고, 그 다음은 320으로 건너뛰었다. 그걸 보자 나도 모르게 발끈 화가 났다. 나는 그가 쓴 거짓 숫자를 지우고 대신 212라는 진짜 숫자를 써 주었다.

주예프는 내 행동이 자기를 무시하는 짓이라고 생각했는지, 순간 콧구멍을 벌름거리며 나를 노려보았다. 그의 오동통하게 살찐 얼굴이 새빨개졌다.

바로 그때였다. 별안간 하늘에서 멜레티 신부의 목소리가 벼락처럼 떨어졌다.

"주예프…… 그리고 거기 너! 지금 내가 했던 말을 그대로 따라해 봐."

참으로 이상한 일이었다. 우리는 신부의 설교를 안 듣고 멍하니 있었던 게 아니었다. 오히려 그 반대였다. '그래-그래-그래'를 하나라도 놓치지 않기 위해서 멜레티 신부의 말에 온 신경을 집중해 열심히 귀를 기울였건만, 우리의 머릿속에는 '그래-그래-그래' 외엔 아무것도 남아 있지 않았다. 말하자면, 어부가 그물을 던져 건져 올리려고 한 건, 물이 아니라 물고기뿐이란 사실과 같은 이치였다.

우리는 어찌할 바를 몰라 뜻도 없는 말만 계속 중얼거렸다. 사정이 이렇게 되자 주예프만 이롭게 되었다. 왜냐하면 타고난 그의 둥글고 커다란 수박머리가 무게 때문에 똑바로 가누지 못하고 이쪽저쪽으로 기울어졌고, 그러면 얼핏 보기에 주예프가 잘못을 뉘우치며 몸 둘 바를 몰라 하는 것처럼 보였기 때문이다.

멜레티 신부는 주예프의 그런 태도가 마음에 든 것 같았다. 신부는 순진하게 울먹이며 용서를 구하는 사람을 좋아했다. 그는 그림을 보는 화가처럼 한쪽 눈을 가늘게 뜨고 슬픔에 잠긴 주예프를 찬찬히 뜯어보았다. 그리고 잠시 후 달래듯이 말했다.

"그래-그래-그래."

그 순간 주예프가 잘못을 뉘우치는 죄인 같은 모습을 유지한 채 겨우 들릴락 말락 한 목소리로 말했다.

"412."

"거짓말 마! 412가 아니라 214야!"

내가 발끈 화를 내며 소리쳤다.

내 목소리는 야무진 쇳소리였다. 그래서 '거짓말 마!' 하는 소리는 마치 총소리처럼 온 교실에 울려 퍼졌다. 이 소리를 들은 신부가 턱수염을 잡아당기며 말했다.

"칠판 앞으로 나와! 무엇 때문에 그런 소리를 냈는지, 그 이유를 모두에게 설명해 봐!"

그리고 신부는 매우 만족스럽게 "그래!" 하고 덧붙였다.

이 새로운 '그래'가 결정적으로 나를 웃기고 말았다.

"뭐가 우스우냐! 경건한 그리고리 주예프까지 못된 짓을 하도록 꾀어 놓고 기뻐하다니!"

신부는 너무너무 화가 나서 소리를 질렀다. 그러자 이번에는 우리 반 아이들 모두가 웃음을 터뜨렸다. 못된 말과 욕지거리로 소문이 난 주예프가 '경건하다'니!

나는 멜레티 신부가 생각하는 것처럼 나쁜 학생이 아니며,

'경건한' 그리고리 주예프를 뀐 일 따위는 꿈에도 없었음을 밝히기 위해 사실대로 고백하기로 결심했다.

그래서 아주 착하고 얌전한 목소리로 말했다.

"신부님께서는…… 그러니까…… '그래-그래-그래' 하시는 습관이 있으십니다. 그래서 저는 수업 시간 내내 그 말을 몇 번이나 하시는지 세어 보려고……."

내 말이 채 끝나기도 전에 멜레티 신부는 턱수염을 하나씩 잡아 뽑기 시작했다. 이런 행동은 그가 더할 수 없이 화가 났다는 증거였다. 노여움이 심하면 심할수록 그는 자신의 턱수염을 잡아 뽑았다. 그렇게 두세 개의 수염을 뽑고 나서 겨우 화를 가라앉히곤 했다.

하지만 그날 그가 뽑은 수염은 열 개도 넘었다. 그는 그 수염들을 까만 출석부 표지 위에 하나하나 늘어놓더니 훅, 하고 힘껏 불었다. 그리고는 겨우 들릴 만한 낮은 목소리로 천천히 말하기 시작했다. 화가 나면 그의 목소리는 언제나 속삭이는 듯 작아졌다.

"그래-그래-그래! ……성직자로서 그냥 넘어갈 수 없어…… 그래-그래-그래! ……아직 어린 녀석이…… 그래-그래-그래!"

그의 속삭임은 끊임없이 계속되었다. 그건 내게 호통을 치는 것보다 훨씬 기분 나쁜 신호였다. 그러니까 지금 당장 교실에서 나가라는 말이나 다름없었다. 나는 교실에서 나와 문 옆에 섰다.

멜레티 신부는 나를 두고 '야생 당나귀'라며 내 죄에 대해 계속해서 설교를 늘어놓았다. 그 무렵 아직 '야생 당나귀'라는 뜻을 알지 못했던 나는 잠시 후에 살며시 문 옆을 떠났다. 점심시간이 가까워졌기 때문이다.

복도 끝에서 컵과 접시들이 부딪치는 소리가 들렸다.

학교 문지기 푸시킨이 지저분한 테이블보를 씌운 긴 탁자 위에 우유병, 소시지, 피로시키(러시아식 고기만두), 샌드위치 등을 늘어놓고 있었다.

주머니를 뒤져보니 4코페이카가 나왔다. 나는 푸시킨에게 뛰어가서 피로시키를 샀다. 그걸 입속에 막 밀어 넣는 순간 벨이 울렸고, 모든 교실 문이 한꺼번에 열리며 학생들이 밖으로 뛰어나왔다.

멜레티 신부도 가슴에 늘어뜨린 은 십자가를 한 손으로 누르며 직원실 쪽으로 성큼성큼 걸어갔다. 나는 얼른 신부 옆으로 뛰어갔다.

"신부님, 제발 용서해 주십시오."

그런데 피로시키가 입안에 가득했던 터라 그 말은 그만 엉뚱한 말이 되어버렸다.

"시부, 제바, 요서……!"

멜레티 신부는 곱슬곱슬한 머리를 갸우뚱하면서 나를 돌아보았다. 다음 순간 그의 얇은 입술이 험악하게 일그러졌다.

"너는…… 너는…… 너는……!"

노여움으로 숨이 넘어갈 듯이 그렇게 말하고 신부는 내 어깨를 와락 움켜잡았다. 놀라서 그의 얼굴을 본 순간, 나는 '이제 다 틀렸구나!' 생각했다. 그것은 내가 고기가 들어 있는 피로시키를 입안 가득 물고 있었기 때문이다. 운 나쁘게도 그날은 금요일이었다. 멜레티 신부는 우리에게 수도 없이 거듭해서 말했다.

"정교도는 수요일과 금요일, 특히 예수 그리스도의 수난일에는 절대로 고기를 먹어선 안 된다. 만일 이 기간에 햄 한 조각이라도 고기를 먹을 때에는 반드시 주님이신 하느님의 노여움을 사게 된다."

나는 이 말을 그다지 믿지 않았다. 아무리 하느님이라 할지라도 학생들의 입속을 일일이 살펴보는 일 따위는 귀찮아서라도 하지 않을 거라 여겼기 때문이다. 하지만 멜레티 신부는 우리에게 잘라 말했다.

"이건 틀림없는 사실이다. 만일 내게 반항하기 위해서 일부러 금요일에 고기나 피로시키를 들고 나타나는 못된 마음을 가진 학생이 있다면, 반드시 하느님의 벌을 받게 될 것이다. 그래-그래-그래!"

그런 까닭에 죄 많은 음식 한 조각은 채 씹기도 전에 내 목에 걸리고 말았다.

나는 용서해 줄 리가 없다는 걸 알았지만, 계속 반복해서 빌었다.

"신부님, 제발 용서해 주십시오!"

나 자신에 대한 그의 용서는 필요 없었다. 하지만 리브나야 거리의 마크리의 집 곁채에서 말없이 힘들게 사시는 어머니에게 알려질까 봐 두려웠다. 나와 신부 사이에 있었던 일이 얼마나 큰 슬픔을 가져다줄지 나는 잘 알고 있었다.

내가 학교에서 무슨 잘못이라도 저지르는 날이면, 어머니는 매번 수건을 식초에 적셔서 머리에 묶었다. 그건 두통이 일어날 거라는 예고였다. 그 뒤 어머니는 눈꺼풀이 어둡게 변한 모습으로 죽은 사람처럼 종일 꼼짝도 않고 누워 있곤 했다.

늘 어머니를 괴롭히는 두통이 멈추기만 한다면, 나는 어떤 일이라도 할 각오가 돼 있었다. 나는 신부의 뒤를 쫓아가며 눈물로 애원했다.

"신부님, 저를 용서해 주십시오!"

하지만 그의 찡그린 하얀 눈썹과 치켜 올린 작은 코, 일그러뜨린 아랫입술을 보니, 그가 개인적인 원한으로 나한테 복수하려고 단단히 벼른 게 분명했다.

신부가 말했다.

"그리스도를 믿는 사람으로서 너를 용서할 수 있다. 또 영적인 아버지로서 너를 위해 기도해 줄 수 있다. 그러나 신학을 가르치는 선생으로는 너를 벌주지 않을 수 없다……. 그러는 게 너를 위하는 일이기도 하니까!"

주위로 학생들이 잔뜩 모여들었다. 나는 그 무리에 섞여 있는 주예프를 보았다. 녀석은 멜레티 신부 뒤에 서서 순박하게 웃으며 닭다리를 뜯어먹고 있었다. 통통하게 살찐 얼굴이 닭기름으로 번들거렸다.

갑자기 멜레티 신부가 미소를 지으며 누구에겐가 인사를 했다. 작고 화려한 발목부츠를 신은 여섯눈이 높은 뒤축으로 요란하게 바닥을 두드리며 다가왔다. 여섯눈은 여느 때처럼 장난기 어린 투로 내게 말했다.

"듣자 하니 재미있는 말썽을 부렸더군! 그렇담 내 방에 오는 걸 환영하지 않을 수 없겠지? 자, 이쪽…… '수난의 방'으로……."

쥬쟈

부르그메이스테르 교장은 독일 사람이었다. 러시아에 거주
하는 대다수의 독일 사람들처럼 그도 과장된 러시아어를 좋아
해서, '떠들썩한, 견딜 수 없는, 격에 맞는, 바로 일전에, 말할 나
위도 없이, 매우 훌륭한' 같은 표현을 즐겨 사용했다. 그러나 나
는 그가 이런 말들을 사용할 때마다 왠지 속이 거북해서 토할
것 같았다.

그는 항상 아주 오랫동안 설교를 늘어놓았다. 곧잘 자신의
미사여구에 취해 정신을 빼앗기기 일쑤여서 상대와 단 둘이 마
주하고 있을 때조차 마치 수많은 청중들 앞에 선 것처럼 지나
치게 장식된 연설을 하곤 했다.

교장실 문 앞에 다가섰을 때 나는 거기 이미 '울보' 한 명이
와 있다는 걸 알았다. 울어서 눈이 퉁퉁 부은 쥬쟈 코젤스키였
다.

여섯눈은 쥬쟈를 위에서 덮치듯 위협적으로 상체를 수그리
고 서 있었다. 그 모습은 마치 쥬쟈를 벽 속으로 밀어 넣으려는
것처럼 보였다. 불쌍한 쥬쟈는 벽이 살아서 자신을 삼켜버리길

간절히 바라며, 등은 물론 머리와 발꿈치까지 벽에 바짝 붙였다. 그러나 벽은 돌로 지어졌고, 여섯눈은 역시 손 하나 까딱 않고 그저 말만으로도 얼마든지 쥬자의 영혼을 파괴하는 기쁨을 누릴 수 있었다.

그는 한 걸음 뒤로 물러서서 자신의 연설에 맞춰 구겨진 노트를 휘두르며 하던 설교를 계속했다.

"나는 내 눈을 믿을 수가 없다. 내 눈이 나를 속이는 건가? 아니면 내가 신기루나 헛것을 보고 있는 건가? 지난해까지만 해도 코젤스키, 너는 선생님들의 자랑이었고, 부모님의 보람이었으며, 형제의 기쁨이었고, 너희 집안의 기둥이었다. 그런데, 네가 그때의 이오시프 코젤스키가 틀림없는 것이냐?"

그는 고대의 위대한 연설을 흉내 내며 30분 이상 끊임없이 코젤스키를 몰아붙였다. 이 30분이 끝나갈 무렵에서야 나는 비로소 쥬쟈가 어떤 잘못을 저질렀는지 알게 됐다. 쥬쟈의 잘못은 생각보다 컸다.

어떤 과목이었는지 지금은 잊었지만, 쥬쟈는 일주일에 두 과목이나 1점을 받았다. 그의 성적표에 1점을 기록한 사람은 담임선생인 플료로프였다. 쥬쟈는 이걸 아버지께 보이고 사인을 받아야만 했다. 그러나 보론초프스키 공원 옆에서 레스토랑을 운영하는 아버지로부터 평소에 "만일 낮은 점수를 받아오면 호되게 매질을 당할 줄 알아!"라는 말을 들어왔기 때문에 지레 겁을 먹었다. 그는 친구 튜틴이 알려준 대로 성적표의 1자를 둘다 4자로 고쳤다. 고치는 건 어렵지 않았다. 코젤스키의 아버지는 속은 줄도 모르고 기분 좋게 4점 밑에 사인을 했다.

하지만 쥬쟈는 속임수에 능하지 못했다.

확인받은 성적표를 담임선생에게 다시 제출할 때 쥬쟈는 4자를 처음의 1자로 '되돌리는' 작업을 해야만 했다. 그러나 이가 빠진 낡은 칼로는 여분의 이음선을 감쪽같이 긁어낼 재간이 없었다. 결국 그 자리에는 두 개의 작은 구멍이 뚫리고 말았다.

쥬쟈는 어찌할 바를 몰랐다. 끔찍한 구멍이 뚫린 성적표를 들키는 날엔 집으로 돌아갈 수도 없었다. 그는 증거를 말끔히 없애기로 했다.

성적표를 제출하기 전날, 쥬쟈는 또다시 튜틴이 일러준 대로 1점짜리 성적표를 다시는 부활할 수 없는 무덤 속에 깊이 묻어버리기로 결심했다. 그는 학교 정원에 몰래 들어가 아카시아 나무 밑에 구덩이를 팠다. 돌이 섞인 딱딱한 땅이라서 기껏해야 얕은 구덩이밖에 팔 수 없었지만, 어쨌든 그 구덩이에 고난 많은 자신의 성적표를 묻었다.

쥬쟈는 이제 성적표가 없어졌다고 신고만 하면 되었다. 그러면 그 즉시 1점도 2점도 없고, 담임의 소견도 잉크얼룩도 없는 깨끗한 새 성적표를 받을 수 있을 줄 알았다. 그는 이제 더 이상 두려워할 필요가 없었고, 새롭고 빛나는 멋진 생활이 시작될 거라고 믿었다. 튜틴도 틀림없이 그렇게 될 거라고 했다.

그런데 그가 전혀 상상하지도 못했던 일이 벌어졌다. 이 비밀스런 장례식에 목격자가 있었던 것이다. 바로 에스힐이라 불리는 뉴펀들랜드 개였다. 놈이 그만 문제를 일으키고 말았다.

에스힐은 여섯눈이 기르는 개로, 여섯눈은 일요일마다 불이 붙지 않은 담배를 입에 물고 에스힐을 데리고 바닷가 가로수 길을 산책했다. 온순한 사람의 눈을 닮은 에스힐은 형제 같은 동정의 눈빛으로 쥬쟈가 하는 짓을 쭉 지켜보았다. 다정하게 꼬리까지 흔들던 이 개가 결국에 가서는 비열한 놈처럼 쥬쟈를 배신했다.

작업을 끝낸 쥬쟈가 홀가분한 기분으로 돌아가자마자, 에스힐은 친절하게도 자기 앞발로 무덤을 파헤치고 방금 묻은 성적표를 이빨로 꺼내 물었다. 에스힐은 자기가 얼마나 못된 짓을 저지르는지 알지도 못한 채 곧장 여섯눈에게 달려가 꼬리를 흔들며 성적표를 주인의 발밑에 내려놓았다. 그렇게 찢어지고 구겨지고 흙으로 떡칠이 된 성적표는 곧장 여섯눈의 오른손에 들어가고 말았다.

여섯눈은 쥬쟈가 시베리아로 보내야 할 죄수라도 되는 것처럼 그의 코앞에 성적표를 흔들어대며 계속 윽박질렀다.

나는 나한테 닥친 재앙에만 깊이 빠져서 쥬쟈가 언제 밖으로 나갔는지 알아채지 못했다. 나는 깨달았다. 이제부터 한 시간 동안 벽에 달라붙어서 여섯눈의 장광설을 들어야만 하는 괴로움을 겪게 될 터였다.

그러나 상황은 더욱 나쁘게 돌아갔다. 여섯눈은 자신의 천둥과 번개를 몰고 곧바로 내게 달려들었다.

그의 말에 의하면, 나는 태양 아래 존재하는 가장 못된 악당으로, 교회의식을 우습게 여기고, 착한 주예프를 꾀어 나쁜 짓을 하게 만들었으며, 받아쓰기 시간에 신호기를 만들어—그는 전화선 얘기를 다시 꺼냈다—반 친구들이 빵점을 맞도록 일부러 잘못된 신호를 보낸, 아주 못된 학생이었다.

"일부러라고요?!"

여섯눈은 내게 더욱 가까이 다가서며 소리쳤다.

"일부러지! 틀림없어! 너는 내가 모를 거라고 생각했지? 이오시프 코젤스키를 선동해서 1자를 4자로 바꾸게 하고, 나무 밑에 성적표를 묻게 한 게 너라는 걸!"

"제가요?!"

마치 누가 채찍으로 내 눈을 호되게 후려치는 것 같았다.

나는 여섯눈을 노려보며 소리 질렀다.

"거짓말, 그건 모두 거짓말이에요!"

그는 또다시 설교를 하려고 했다. 나는 너무나도 억울하고 분해서 더 이상 듣지 않으려고 악을 쓰며 두 손으로 귀를 틀어막았다. 여섯눈은 내 팔을 잡고, 귀를 막은 두 손을 잡아떼려 했고, 나는 있는 힘을 다해 귀를 막았다.

결국 그는 내 두 손을 귀에서 떼어냈고, 이미 설교 따위는 집어치우고 고래고래 고함을 치고 있었다.

"차마 눈뜨고 볼 수 없는 네 행동에 대해서는 회의를 열어 검

토하겠다. 결정이 내려질 때까지 우선 2주일 동안 정학이다. 너희 어머니께 내일 토요일…… 아니다, 월요일에 나를 찾아오시라고 전해라……. 그러면 네 어머니가…… 아니다, 어머니께는 내가 직접 이야기해야겠다……. 너를 이렇게 되도록 잘못 기르신 너의 어머니도 틀림없이 크게 뉘우치실 거다."

우울한 하굣길

그날 나는 생각에 잠긴 채 우울하게 학교에서 집으로 돌아오고 있었다. 그때 이웃에 사는 료냐 알리게라키가 달려와 커다란 유리병을 보여주었다. 기억하기로는, 그 속에 그가 손으로 잡았다는 모래색의 수염 난 물고기가 들어 있었다. 나는 그 병을 낚아채어 돌에다 내동댕이치고 싶은 충동을 겨우 눌러 참았다.

나는 침울하게 카나트나야 거리 쪽으로 돌아섰다. 갈대 다발을 가득 실은 짐수레가 내 곁을 지나갔다. 그날이 아니었다면 나는 짐수레에서 갈대 몇 개를 몰래 뽑아냈을 것이다.

갈대 줄기는 내게 진짜 보물이나 다름없었다. 우선 갈대 하나로 창을 만들어 그걸로 뒤뜰에서 바시카 페촌킨이 이끄는 군대와 한바탕 싸움을 할 수 있었다. 다음엔 피리를 만들어서는 미치광이 베니카가 뛰쳐나와 무슨 말인지도 알 수 없는 '스칸디보베롬!' 어쩌고 하며 소리칠 때까지 그의 집에 몰래 들어가 창문 밑에서 불어댈 수도 있었다.

또 갈대를 뼈대로 넣어 만든 종이 연을 하늘 높이 날리며, 우리 동네의 연날리기 명수인 절름발이 대장장이 페촌킨의 부러움을 살 수도 있었다.

때마침 거리에는 지나가는 사람도 없어서 얼마든지 몰래 갈대를 뽑아낼 수 있었지만, 그날은 짐수레에 가까이 다가갈 마음조차 내키지 않았다.

카나트나야 거리를 지나 리브나야 거리 모퉁이까지 갔을 때, 나는 길바닥에 떨어진 동그란 깡통 하나를 발견했다. 가볍고 맑은 소리가 날 것 같은 깡통이었다.

다른 때였다면 참지 못하고 발끝으로 힘껏 걷어찼을 것이다. 그러면 깡통은 돌다리를 따라 요란하게 괴로운 소리를 내며 굴렀을 테고, 나는 그 뒤를 따라 대문까지 뛰어갔을 것이다. 그 다음엔 어딘가 쓰레기더미 속에 감춰두었다가, 이튿날 등교할 때 학교까지 차며 갔을 것이다. 깡통 차기는 내가 좋아하는 놀이 중 하나였지만, 그날은 여느 때보다 더 앞으로 수그린 자세로 단 한 번 세게 걷어 차고 말았다. 어렸을 때 나는 등이 몹시 굽었다. 우울하거나 난처할 때에는 더 심해져서 마치 물음표 같은 모양새가 되었다. 거리에서 놀던 짓궂은 아이들이 그런 나를 보고 꼽추라고 놀렸다.

차라리 어머니에게 호되게 꾸중을 듣거나 무섭게 매를 맞는다면 훨씬 마음이 편할 것이다. 하지만 어머니는 아무 말도 하지 않고 침대에 쓰러지고 말 터였다. 얼굴빛이 누렇게 되고 푹 꺼진 눈꺼풀 속 눈동자가 어두워지면서 두통이 시작될 게 뻔했다. 두통이 시작되면 어머니는 며칠 동안 아무것도 하지 못했다. 나는 월요일에 벌어질 일이 걱정이 돼 죽을 것만 같았다.

어머니는 쇠약해진 모습으로 겨우 자리에서 일어나 여섯눈을 찾아갈 것이다. 그러면 여섯눈은 지루한 연설로 어머니를 괴롭힌 다음, 매우 엄숙한 목소리로 이렇게 말할 게 틀림없었다.

"아무데도 쓸모없는 당신의 아들이 갈 길은 오직 부랑자가 되는 길밖에 없을 겁니다."

어머니는 쉽게 겁을 먹지 않는 매우 용감한 사람이었지만, 유일하게 겁내는 게 하나 있었다. 그건 바로 내가 학교에서 쫓겨나는 일이었다. 어머니는 그걸 죽기보다 더 두려워했다.

나는 도저히 집으로 갈 용기가 나지 않았다. 그래서 〈V. I와 M. I 사라파노프 형제의 식료품 상점〉이라는 간판이 걸린 큰 상점 앞에서 걸음을 멈추고 소시지, 올리브, 캐비아, 말린 철갑상어, 치즈 따위를 한참이나 들여다보았다.

나는 그 상점을 화려한 궁전으로 여겼다. 가끔은 거기서 물건을 사기도 했다. 어머니에게 돈이 생길 때면 언제나 나는 50코페이카를 움켜쥐고 그리로 달려갔다. 그럴 때면 왠지 내가 높은 인물이라도 된 기분으로 건방진 점원에게 점잖게 주문을 했다.

"햄 100그램하고 버터 100그램!"

그러면 건방진 점원이 공손하게 물었다.

"또 뭐 필요한 건 없나요?"

나도 더욱 점잔을 빼며 대답했다.

"그것뿐이에요!"

건방진 점원이 말했다.

"그럼 계산대로 가시죠!"

나는 언제나 캐비아를 맛보고 싶었다. 사람들 말로는, 캐비아가 엄청나게 맛있기는 하지만 너무 비싸서 장관과 장군들만이 먹는다고 했다. 혹은 세르세네비치 부인 같은 부자들이나 먹는 거라고 들었다. 나는 속으로 생각했다.

'여섯눈은 캐비아를 먹을까? 두 말하면 잔소리지. 아마 큰 숟가락으로 퍼먹을걸.'

평소 나는 그 가게 앞에 서면 늘 배가 고팠다. 진열장을 통째로 홀랑 먹어버리고 싶을 지경이었다. 하지만 그날은 피로시키만 삼켰을 뿐인데도 전혀 먹고 싶은 생각이 없었다. 캐비아조차도 내 입맛을 돋우지 못했다.

나는 벽돌이라도 가득 담은 것처럼 무거운 책가방을 짊어지고, 전보다 한층 더 몸을 앞으로 숙인 채 다시 걷기 시작했다. 그때 연한 금발에 눈썹이 거의 없는 학생이 내 곁을 지나갔다. 그는 우리 학교 8학년생으로 '스피노자'라는 별명을 가진 류드빅 메이에르였다. 언제나처럼 미소 없는 눈빛과 표정 없는 얼굴의 메이에르가 이맛살을 찌푸린 채 턱 가까이 책을 펴들고 걷고 있었다. 바시카 페촌킨의 대장간에서 아이들이 뛰어나와, 메이에르가 걸려 넘어져 책을 떨어뜨리게 하려고 온갖 잡동사니를 그의 발밑에 던졌다.

메이에르는 잡동사니에 자꾸만 발이 걸려 넘어질 뻔하면서
도 계속해서 책을 읽으며 갔다. 그는 잠시도 손에서 책을 놓지
않았다. 빵집이나 탈의장, 공동묘지와 같은 아주 어울리지 않
는 장소에서도 언제나 그랬다. 나는 그런 메이에르가 세상에서
가장 학식이 많은, 가장 훌륭한 사람처럼 느껴졌다.

다른 때 같으면 나도 장난꾸러기들의 뒤를 쫓아갔을 것이다.
하지만 그날은 그런 장난 따위는 금세 잊어버리고 내 슬픔에
잠긴 채 계속 걸어갔다.

'내가 억울하다는 걸 어머니가 믿어 주실까? ……내게 잘못
이 있다 해도 그건 아주 사소한 것뿐인데……. 멜레티 신부와
연관된 문제는 어쩌다 운이 없어 그렇게 된 거고……. 그만한
일로 퇴학을 당하게 될까?'

나는 작은 발코니가 달려 있고 군데군데 칠이 벗겨져서 보기
흉한 조각상이 서 있는 세르세네비치 부인의 3층집 앞까지 왔
다. 세르세네비치 부인은 삽살개를 데리고 뜰을 걷고 있었다.
작은 몸집에 여위고 머리가 곱슬곱슬한 건, 데리고 있는 삽살
개와 똑같았다. 귀에는 도넛 모양의 크고 둥근 귀걸이가 걸려
있었다.

그녀가 나를 보자 큰소리로 말을 걸었다.

"안녕! 이제 오니? 어째서 등이 그렇게 굽었지? 일흔 살 먹은
할아버지도 아닌데!"

내게 볼일도 없으면서 그렇게 큰소리로 말을 걸어 온 까닭은, 건너편 군부대 정문 옆에 사관후보생과 장교들이 모여 있었기 때문이다. 그녀는 그곳 장교들의 눈길을 끌고 싶어 삽살개를 데리고 여기서 서성거렸던 거였다.

길 건너편에서 사관후보생과 장교들이 소리쳐 그녀의 아름다움에 찬사를 보내며 그녀를 무도회에 초대했다. 그러자 그녀는 장교들은 쳐다보지도 않고 삽살개를 바라보며 목소리를 높여 교태를 부리듯 깔깔대며 웃었다.

친딜린데르

앞서도 말했듯이 내 어머니는 무척 대담한 사람이었다. 여섯 눈을 제외하고는 아무도 두려워하거나 겁내지 않았던 것 같다. 세르세네비치 부인 집에 언젠가 밤에 몰래 들어온 도둑을 혼내 준 적이 있었다. 사실 어머니는 혼자였기 때문에 도둑에게 죽도록 맞았을 수도 있었다.

3년 전의 일이었다. 세르세네비치 부인은 그때 집에 없었다. 그녀는 남편과 함께 키예프로 떠나면서 어머니에게 집을 좀 봐달라고 부탁했다. 어머니는 나와 누나인 마루샤와 함께 여름 몇 달 동안 부인의 집에서 지내기로 했다.

그동안 삽살개들은 우리가 돌보았다. 개들에게는 정해진 특별한 먹이를 줘야 했기 때문에 어머니는 자주 시장에 가야 했다. 꽃을 손질하는 것도 보통일이 아니었다. 세르세네비치 부인 집에는 꽃도 아주 많았다. 그 많은 꽃에 아침저녁으로 물을 주며 돌봐야 했고, 온 집안에 들끓는 빈대도 잡아야 했다. 빈대는 소파, 벽지, 침대, 의자 틈은 물론, 심지어 거울이나 벽에 걸린 그림에까지 숨어 있었기 때문에 어머니는 여러 날 동안 그

일에만 매달리기도 했다.

 그러던 어느 무더운 날, 달이 밝은 밤이었다. 어머니는 개들이 짖는 소리에 잠을 깼다. 거리로 향한 주방식당에서 세르세네비치 부인의 삽살개 네 마리가 한꺼번에 짖어댔다. 어머니는 얼른 옷을 걸치고 식당으로 달려갔다. 그 순간 어머니는 푸크시아, 협죽도, 고무나무 등의 화분이 놓여 있는 창문턱 위에 밝은 달빛을 받으며 서 있는 한 남자의 모습을 보았다.

 자세히 보니 열일곱 살쯤 되었거나 그보다 더 어릴 것 같았다. 모자는 없이 누더기를 걸친 부랑자는 2층으로 기어 올라온 뒤―아마도 홈통을 타고 올라왔을 것이다―화분에 심어 놓은 나무에 걸려 꼼짝 못하고 벌벌 떨고 있었다. 삽살개들도 달빛을 받으며 도둑을 향해 둥글게 둘러서서 목이 터져라 짖어대며 열심히 세르세네비치 부인의 집을 지키려고 했다.

 도둑도 어머니를 보았다. 그 순간 그는 창문턱에 놓아 둔 화분을 집어 들었다. 그리고 감기에 걸린 목소리로 욕을 퍼붓고는 개들을 향해 폭탄처럼 화분을 던졌다. 개들은 깨갱거리며 뒤로 조금 물러났다가 곧 다시 남자를 둘러싸고 무섭게 짖었다.

 어머니는 큰 소리를 내지 않고 차분하게 말했다.

 "너는 참 바보로구나! 누가 이런 달밤에 도둑질하러 다니니? 그리고 어쩌자고 온 동네가 다 듣도록 고함을 치는 거지? 꼼짝없이 잡히고 말 생각이니?"

그러자 도둑은 뭐라고 욕을 해대며 제일 큰 화분을 들어 어머니를 향해 힘껏 던졌다. 어머니가 몸을 숙였기 때문에 화분은 뒤에 놓인 빈 어항에 맞았다.

그 요란한 소리에 나는 잠이 깼다. 나는 얼른 지난밤 자기 전에 호두를 깰 때 썼던 쇠촛대를 움켜쥐고 식당으로 뛰어들었다.

어머니는 도둑에게 책이라도 읽어주는 것처럼 차분한 목소리로 말했다.

"넌 정말 형편없는 도둑이구나. 그렇게 도둑질에 서툴러서야……. 우리 집에 왔으면 얼마나 좋아. 빵이든 뭐든 다 주었을 텐데."

나는 그제야 어떻게 할지 생각나서 뒷문으로 뛰쳐나가 문지기에게 달려갔다. 문지기의 방은 닫혀 있었다. 나는 주먹과 촛대로 문을 두드렸다.

그 소리를 듣고 옆집의 엘리초프 장군 네 사병이 달려왔다. 사병은 콧수염이 나고 몸집이 큰 어른이었지만, 겁을 잔뜩 먹고 곧 순경과 보초를 부르러 뛰어갔다.

잠시 뒤 달려온 그들을 어머니는 반갑지 않게 맞았다.

"다 끝났어요. 도둑은 벌써 저쪽으로 달아났어요."

그러곤 옛 포르토프란코프스크 거리 쪽을 가리켰다.

모두 구둣발소리를 울리며 그쪽으로 뛰어갔다. 곧 그쪽에서 "도둑이야!" 하는 소리가 들렸다. 그 무렵엔 거의 밤마다 그런

소리가 들렸다.

5분 쯤 지나자, 갑자기 어머니가 작은 소리로 말했다.

"이젠 괜찮으니 나오렴."

현관에 놓인 길쭉한 빨랫감 바구니에서 누더기를 걸친 도둑이 기어 나왔다.

그는 어머니 앞에 무릎을 꿇고 떨리는 목소리로 구해 줘서 고맙다는 인사를 했어야 했다. 그런데 도리어 침을 퉤 뱉고는 흐트러진 머리를 쓱쓱 쓸며 또다시 욕설을 퍼부었다.

어머니는 그를 불구자를 보듯 가엾게 바라보다가 깨진 화분 조각과 짓밟힌 꽃이 흩어진 식당으로 들어갔다. 도둑은 그것들을 치우는 어머니의 모습을 넋 나간 사람처럼 쳐다보았다. 마룻바닥을 깨끗이 청소한 다음 어머니가 물었다.

"이름이 뭐니?"

도둑은 한참 동안 잠자코 서 있다가 힘없이 대답했다.

"친딜린데르."

어머니는 그렇게 이상한 이름을 듣고도 전혀 놀라지 않았다.

"그래, 친딜린데르, 저기 남은 음식이 있다."

도둑은 어머니가 만든 음식에 굶주린 짐승처럼 달려들었다.

그런 일을 겪고 난 이후 한동안 우리 집에서는 음식을 정신 없이 먹어대는 사람에게 "꼭 친딜린데르처럼 먹는구나?"라고 했다.

도둑은 배가 부르자 곧 돌아가려고 했다. 그러나 어머니는 그를 붙들어 복도에 놓아둔 바구니 속에서 날이 밝을 때까지 기다리라고 했다. 집 앞에서 붙잡히기라도 할까 봐 염려해서였다.

친딜린데르는 아침에 떠났다. 그 후로 꽤 오랫동안 우리는 그를 보지 못했다.

3개월이 지나서 우리는 집으로 돌아왔다. 그 뒤 나는 성홍열을 앓았다. 증세가 심해서 코프라는 의사가 날마다 찾아왔는데, 세 번 왕진할 때마다 2루블의 거액을 지불해야 했다. 그 밖에도 약값으로 많은 돈이 들었다.

겨울까지 나는 우리 집 돈을 다 써버렸다. 어머니의 상아 브로치도, 보석 박힌 금팔찌도, 사모바르(차 끓이는 주전자)도, 구리 스튜냄비도, 둥근 진주조개 커프스단추도, 그리고 마루샤의 보잘 것 없는 시계까지도 전당포에 잡혔다.

그러던 어느 날, 어머니는 우리 집에 남은 맨 마지막 사치품인 카렐리아 자작나무로 만든 보석함을 들고 전당포 계산대 옆에 서 있었다. 그때 문득 어머니는 차례를 기다리던 친딜린데르와 마주쳤다. 그가 어머니에게 눈을 찡긋하며 히죽 웃었다.

그는 끝이 뾰족하고 묘하게 생긴 터키식 커피포트를 옆구리에 끼고 있었다. 아마 여름 동안에 어느 정신 나간 별장 족에게서 훔쳤을 터였다.

"아주머니는 아주 타라니 같아졌네요. 불쌍해서 못 봐주겠어요!"

그는 마치 입에 발린 말이라도 하는 양 싱글거렸다. 타라니란 물고기 말린 거였다.

어머니의 여윈 얼굴과 전당 잡히려고 가져온 하찮은 물건을 보고 그는 우리 형편이 어려워졌다는 걸 눈치 챈 모양이었다. 어머니는 그에게 나의 성홍열에 대해서 말했다. 그는 어머니를 문 앞까지 바래다주었고, 그날 밤 다시 우리 집에 나타나서 마치 오래된 친구처럼 말 한마디 없이 온화한 몸짓으로 실로 꽁꽁 묶은 지폐다발을 어머니 앞에 내놓았다.

어머니가 야단을 쳤다.

"냉큼 치우지 못하겠니? 그러지 않으면 시모넨코를 부를 테다!"

시모넨코는 우리 집 옆에 사는 머리가 하얗게 센 경찰관이었다. 그는 밤만 되면 항상 나팔 연습을 했다. 마침 리듬도 박자도 맞지 않는 그의 나팔소리가 들려왔다.

친딜린데르가 웃었다.

"부를 리 없어요. 나는 다 알아요."

어머니는 무섭게 화를 내며 그를 쫓아버렸다.

그로부터 얼마 지나지 않아 그는 또다시 찾아왔다. 그렇게 알아채지 못하는 사이 그는 어느새 우리 식구처럼 돼버렸다.

마루샤는 그를 '엄마의 꼬마도둑'이라고 불렀다.

그는 어둠 속을 고양이처럼 소리도 없이 오곤 했다. 그의 걸음걸이는 하수구에 덮인 녹슨 철판을 밟아도 소리가 나지 않았다. 밖에서 들어오는 사람은 누구나 그 철판을 밟고 지나가게 돼 있었다. 철판은 창살처럼 엮은 쇠줄에 얹혀 있었는데, 사이에 틈이 벌어져서 밟으면 반드시 덜컹덜컹 소리가 났다. 하수구 위치가 우리 방 창문 쪽이어서 우리는 그 철판을 초인종 대신으로 여겼다. 오직 친딜린데르만이 전혀 아무런 소리도 내지 않고 그 철판을 건너왔다.

어머니는 1년 내내 빨래를 해야 했기 때문에 물이 아무리 많아도 모자랐다. 하지만 꼭 필요한 수도가 우리 집 뜰에는 없었다. 어머니와 나와 마루샤는 좀체 찰 줄 모르는 물통에 물을 채우기 위해 기운이 빠질 때까지 멀리 떨어진 이웃집 뒤뜰에서 물을 길어와야만 했다.

네 번쯤 길어오면 벌써 눈앞이 빙빙 돌고 팔과 다리가 후들거렸다. 그래도 일곱 번은 더 갔다 와야만 물통이 채워졌다. 우리가 물통을 채우지 않으면 어머니가 물을 길러 가야 했다. 누나와 나는 물 긷기만은 어머니에게 시키고 싶지 않았다.

그렇게 힘든 물 긷기를 친딜린데르가 거의 혼자서 도맡아했다. 그는 낮이고 밤이고 인사도 없이 부엌으로 들어가 걸상에 놓여 있는 물통을 들고 물을 길러 나갔다. 그리곤 소리도 없이 텅 빈 물통에 물을 길어다 주었다. 그는 어머니가 맨 처음 생각했던 것만큼 '허약해빠진' 인간은 아니었다.

그는 우리 집 녹색 물통을 들고 멀리 있는 수도까지 쉬지 않고 몇 번이고 줄달음질쳤다. 큰 물통은 물론 현관에 놓인 작은 물통, 밖에 놓아 둔 난로 위에 얹어 빨래를 삶는 양철통과 검은 양동이, 그리고 꽃에 물을 주는 조리에까지 물을 담아 놓고 나서야 일을 멈추었다.

여하튼 그는 우리 집 살림살이까지 관심을 두었다. 나는 일요일마다 그와 함께 어머니 심부름으로 청어, 토마토, 가지, 배, 그리고 '프센키'라는 옥수수 이삭 등을 사러 시장에 가곤 했는데, 그는 고작 1코페이카를 가지고도 장사꾼들과 실랑이를 했다. 어떤 때는 너무 심해서 나는 시장 상인들 앞에서 부끄러워 얼굴이 빨개지곤 했다.

나는 친딜린데르에 대한, 나의 불행에 관한, 어머니에 대한 복잡한 생각에 잠겨 어느 틈에 집에 돌아왔는지, 또 언제 하수구 위의 철판을 밟았는지도 알지 못했다. 여느 때 같으면 철판에 내 몸무게를 힘껏 실어서 되도록 큰 소리가 나게 했을 테지만, 그날은 고개를 숙이고 금방이라도 울음이 터질 것 같은 얼굴로 세 개의 나무 층계를 올라갔다. 그리고 어머니가 '거실'이라고 부르는, 방이라곤 하나밖에 없는 우리 집으로 들어갔다.

어머니와 포마 삼촌

어머니는 다림질대 옆에 서서 구리 컵에 담긴 물을 뺨이 불룩할 정도로 입안 가득히 물고 입술로 푸우! 푸우! 소리를 내며 내뿜고 있었다. 입에서 물방울이 안개처럼 다림질대 위로 날아가 펴놓은 남자의 새하얀 와이셔츠 위로 떨어졌다.

어머니는 사모바르의 뚜껑을 뒤집어놓고 올려둔 검은색의 묵직한 다리미를 얼른 잡았다. 그러면 다리미는 마치 자기를 그렇게 능숙하게 다루어주는 손길에 기뻐하듯 하얀 셔츠 위에서 나는 듯이 춤을 추기 시작했다.

어머니는 키가 크고 위엄이 있었다. 갸름하고 눈썹이 짙은 아름다운 얼굴에는 드문드문 마마자국이 있었다. 어머니는 그런 천연두 따위는 대수롭지 않게 여기는 농가에서 자랐다.

그래도 어머니를 '빨래하는 여자'라고 부르는 사람은 없었다. 만일 누군가 그렇게 부르는 걸 들었다면 나는 아마 틀림없이 몹시 놀랐을 테지만, 실제로 어머니는 등을 펼 새도 없이 겨우내 남의 집 빨래를 했다. 그렇게 벌어들이는 돈이 어머니의 유일한 수입이었다.

어머니는 자존심이 강해서 이웃사람 누구와도 사귀지 않았다. 쉬는 날 밖에 나갈 때는 장갑을 끼고 까만 구슬이 달린 모자를 썼다. 어머니에게 빨랫감을 모아다 주는 사람 역시 살짝 곰보인 문지기의 딸 말란카였다.

말란카는 '고리세(지붕 밑 다락방)'에 빨래 너는 일도 도와주었다. 때로는 우리 집 창문 앞마당에 있는 두 그루의 버드나무 사이에 줄을 매고 빨래를 널기도 했다. 말란카는 어머니를 '마님'이라고 불렀고, 배, 사과, 멜론, 호박, 오이 등을 팔러 오는 아낙들은 어머니를 '부인'이라고 불렀다.

어머니는 남들이 알지 못하게 밤에 몰래 빨래를 했고, 낮에는 다리미와 다림질대 옆에 서 있었다. 지금도 나는 다림질대가 없는 우리 집은 상상할 수가 없다.

비록 작다고는 해도 집 안 구석구석 어머니의 손길이 미치지 않는 곳이 없었다. 커튼은 언제나 정갈했고, 꽃무늬가 수놓인 우크라이나 식 수건 등으로 방은 예쁘게 꾸며져 있었다. 어머니는 깔끔한 사람이어서 막상 청소를 하게 되면 우크라이나의 여자다움을 아낌없이 발휘했다.

토요일마다 어머니는 솔에 비누를 묻혀 출입문으로 오르는 세 개의 닳아빠진 나무층계를 박박 문질러 닦곤 했다. 어느 날 밤인가 나는, 달빛을 받으며 문어귀의 빈터에 평평하게 깔아놓은 반들반들한 돌들을 씻고 있는 어머니를 창문 너머로 보기도 했다. 사모바르든, 촛대든, 작은 구리 절구든, 아직 더러워지지 않은 것들도 어머니는 윤기 나게 닦았다.

어머니는 하루에 두세 시간밖에 잠을 자지 않았다. 만일 갑자기 우리 집 지하에 있는 석회 저장고를 아주 하얗게 닦아낼 생각이 들었다면, 어머니는 이 짧은 휴식마저도 기꺼이 포기했을 것이다.

그런 깔끔한 성격 탓에 어머니는 가끔 경멸하는 투로 세르세네비치 부인에 대해서 이렇게 말하곤 했다.

"귀걸이는 금이지만 목에는 때가 꼬질꼬질해!"

어머니가 만일 어느 날 자신의 소파 밑에서 먼지를 발견하거나 옷장 뒤에 거미줄이 있는 걸 보게 된다면 자존심을 접었을지도 모르겠다. 하지만 그런 일은 일어나지 않았고, 자존심이 강한 어머니는 절대 남에게 머리를 숙이지 않았다. 누구에게도 그 어떤 아쉬운 소리를 하지 않았다. 걸음걸이에도 그런 자존심이 묻어났다.

어머니는 우크라이나어와 러시아어를 절반씩 섞어서, 노래하듯 부드러운 남러시아인의 말투로 이야기했다. 마루샤가 가끔 어머니의 그 독특한 말투를 고쳐주었다.

"그 말은 틀렸어요!"

그렇지만 나는 왠지, '목'을 '멱'이라 하고, '씻어라!'를 '헹궈라!'라고 하며, '더러운'을 '드러운', '참새'를 '멧새'라고 하는 어머니의 색다른 말투가 듣기 좋았다. 그러나 마루샤는 그럴 때마다 고쳐주곤 했다.

"아이, 엄마는 또 '둥근파'라고 했어요! 둥근파가 아니라 양파라고요!"

어머니는 다른 사람들이 있는 곳에서는 아름다운 우크라이나 말을 거의 사용하지 않았다.

또 어머니는 남의 말을 아주 잘 믿었다. 장사꾼에게 배, 사과, 버찌 등속을 살 때에도 순박하게 물었다.

"맛이 좋은가요?"

장사꾼은 익숙한 손놀림으로 바구니에 달라붙은 파리를 쫓으면서 대답했다.

"아, 그럼요, 부인! 맛이야 기가 막히지요!"

어머니는 장사꾼에게 값을 알아보고 나서 또 물었다.

"그런데 이거 비싼 거 아닌가요?"

"아닙니다, 부인! 아주 싸게 드리는 겁니다요!"

그러면서 장사꾼은 정확한지도 알 수 없는 의심스러운 저울에 물건을 올려놓았다. 그걸 보면서 어머니는 또 물었다.

"그 저울은 정확해요?"

"정확하고말고요. 그럼요, 부인!"

어머니는 그것만으로 마음을 놓고 좋은 과일을 아주 싸게 샀다고 생각했다. 아마 그들이 속이는 걸 알았다 해도 어머니 성격에 대놓고 뭐라고 할 수 없어서 그냥 사 버렸을 수도 있다.

밤이 되어 지하실을 청소하거나 짧은 솔로 부엌을 하얗게 칠할 때, 어머니는 일하는 손놀림에 맞춰 〈에야 숲속에서〉나 〈벗

나무 아래서)라는 노래를 낮고 부드러운 목소리로 불렀다. 멀리서 들려오는 어머니의 노랫소리는 꿈속처럼 편안하고 달콤했다.

어머니는 그럴 때 말고는 절대로 노래를 부르지 않았다. 또한 누군가 듣는다는 걸 알아차리면 그 즉시 노래를 멈추었다.

어머니는 곧잘 웃기도 했다. 고골이나 크비트카오스노비야넨코(1778~1843, 우크라이나 작가)의 작품을 읽어주면, 어머니는 정말 이상하게 여겨질 정도로 웃었다. 하지만 사람들 앞에서나 이웃들 곁을 지날 때는 결코 웃음을 짓지 않았다. 어머니는 사람들과 잘 사귀지 못했고, 이름 난 축제나 결혼식에도 가지 않았다. 남의 집을 방문하는 일은 더더욱 없었다. 그래서 혼자 있을 때는 늘 슬픈 빛이 어려 있었다.

그런 어머니가 그날따라 슬픔이라곤 알지 못하는 사람처럼 명랑했다. 어머니는 젊고 건강한 사람처럼 반짝거리는 눈으로 나를 바라보았다. 뭔가 즐거운 일을 감추고 있는 듯했다.

"어디를 그렇게 돌아다녔니?"

그다지 나무라지 않는 투로 어머니가 말했다. 나는 집에 돌아오면서 모든 이야기를 어머니에게 쏟아 놓을 결심을 했다. 문턱을 넘어서는 순간에 할 말까지 이미 이렇게 준비를 했었다.

'엄마, 너무 놀라지 마세요…… 모두 잘될 거예요…… 솔직히 말씀드릴게요. 실은 저 오늘 학교에서 쫓겨났어요.'

하지만 그토록 즐거워하는 어머니를 대하는 순간, 그런 고통스러운 일로 어머니를 슬프게 만들 순 없다는 생각이 들었다.

'그래, 이따…… 밤이나…… 내일 아침 차를 마실 때 말하자……. 내일, 내일, 여덟 시 반에…… 오늘만 날이 아니니까.'

시간을 벌 수 있어서 오히려 기뻤다. 그 무렵 나는 그렇게 철이 없었다. 금세 마음이 가벼워진 나는 아무렇지 않은 태도로 오늘 무슨 일이 있었는지, 왜 소파 커버를 벗겼는지 어머니에게 묻기 시작했다.

어머니는 아무 대답도 하지 않고 그저 웃으면서 턱으로 현관 쪽을 가리켰다. 나는 곧 그리로 달려가 옷걸이에 걸려 있는 채찍을 보았다. 어째서 채찍을 알아차리지 못했을까! 나는 기뻐서 어쩔 줄 몰랐다. 그 채찍― 주인의 손때가 묻어 반들거리는 굽은 채찍을 나는 지금도 기억한다 ―을 움켜쥐고 나도 모르게 소리쳤다.

"포마 삼촌이구나! 포마 삼촌이 오셨군요!"

순간 마음속의 괴로움이 모두 사라지고 거의 아무것도 남아 있지 않았다. 주위의 모든 게 옛날이야기와 같이 아름답게 변했다. 나는 부엌으로 뛰어 들어가며 철썩철썩 채찍을 울렸다. 하지만 포마 삼촌의 모습은 보이지 않았다. 지하실과 창고를 들여다보고, 침대 밑과 물통 뒤도 찾아보았다. 포마 삼촌을 찾기만 하면 내 슬픔은 깨끗이 사라질 것만 같았다. 나는 다시 어머니 곁으로 달려가며 물었다.

"포마 삼촌은 어디 계세요?"

어머니는 알쏭달쏭한 미소를 띠고 대답했다.

"삼촌은 페레시피에 사는 푸르니크라는 분에게 가셨단다. 너를 무척 기다리셨지. 하지만 더 기다릴 수 없어서 떠나셨어. 언제 돌아오실지는 모르겠구나."

하지만 나는 얼핏 삼촌의 반가운 냄새를 맡았다. 타르와 벌꿀과 시골 빵, 그리고 싱그러운 향내가 섞여 있는 냄새였다.

나는 소리쳤다.

"여기다! 삼촌은 여기 집 안에 계셔!"

틀림없었다. 삼촌은 바로 엎드리면 코 닿을 곳에 있었다. 나는 헛간 문을 활짝 열어젖혔다. 삼촌은 거기에 숨을 죽이고 가만히 서 있었다. 새하얀 아마포 셔츠를 입고 눈썹이 짙은 잘생긴 삼촌이 미소를 띠며 나를 바라보았다. 그 모습을 보고 어머니는 눈물이 나도록 웃었다. 어머니는 이런 장난을 좋아했다. 나는 소리치기 시작했다.

"팝콘! 팝콘!"

포마 삼촌은 집에 올 때마다 옥수수 알맹이를 담은 흰 자루를 짊어지고 왔다. 그건 흔히 구할 수 있는 옥수수가 아니라 아주 특별한 옥수수였다. 나는 그것을 마법의 씨앗으로 여겼다. 그 알맹이를 물에 담갔다가 난로에 붙어 있는 철통에 넣으면 조금 뒤 알맹이가 팍팍 튀는 소리가 들리면서 마치 살아 있는 것처럼 총을 쏘기 시작했다.

타기 전에 꺼내어 살펴보면 노란 알맹이가 하얗게 꽃모양으로 터져 있었다. 나는 달궈진 철통 옆에 종일토록 붙어 서서 다시 또다시 새로운 알맹이들을 집어넣으며 질리도록 팝콘을 만들어 먹었다.

돌이켜보면, 그토록 큰 걱정으로 괴로워하면서도 동시에 팝콘이 튈 때마다 어떻게 그렇게 생각 없이 즐거워할 수 있었는지, 스스로 생각해도 이해할 수가 없다.

물론 걱정이 아주 사라진 것은 아니었다. 아스트라한 모피로 만든 삼촌의 모자를 쓰고 밖으로 나가 야만인처럼 하수구 위를 뛰어다니며 채찍을 휙휙 소리 나게 휘두르는 동안에도 나는 슬픔과 걱정을 떨쳐버릴 수 없었다. 아이들이 부러운 시선으로 나를 바라봤다. 나는 큰 소리로 자랑했다.

"나한테 아기 고슴도치가 있다! 포마 삼촌이 갖다준 거야!"

부러움에 가득 찬 눈길로 아이들은 내 뒤를 따라 지하실 층계를 뛰어 내려가서는, 마치 캥거루나 코끼리라도 보는 양 아기 고슴도치를 넋 놓고 들여다보았다.

고슴도치를 얻은 처음 순간은 정말 기뻤다. 나는 고슴도치에게 사탕무뿌리와 양배추, 그리고 점심 때 마루샤를 졸라서 얻어낸 치즈 조각을 먹이로 주며 아이들 앞에서 자랑했다. 하지만 아이들이 모두 돌아가 버리고 지하실에 고슴도치와 나만 남자 내 눈에 눈물이 가득 차올랐다.

만일 내일로 미뤄 놓은 불행과 며칠 뒤에 기다리고 있을 괴로운 일들에 대해 고슴도치가 알았다면, 금세 나와 친해져서 뾰족한 털을 내게 부비며 귀여운 고양이처럼 가르릉거렸을까.
고슴도치는 나를 쳐다보려고도 하지 않았다. 덩어리처럼 동그
랗게 말려서 훅훅 하는 소리만 냈다. 고슴도치는 어디가 발이
고 어디가 머리인지조차 분간할 수 없었다.

　나는 그게 몹시 약이 올랐다. 화가 나서 남은 양배추를 집어
던지고 포마 삼촌을 향해 층계를 뛰어 올라갔다. 삼촌에게 꾀
많은 구두장이에 대한 이야기를 해 달랠 참이었다. 그 이야기
를 나는 거의 외우다시피 했지만 삼촌이 해주면 몇 번을 들어
도 좋았다.

　　　　구두장이가 걸상에 앉아서,
　　　　대부의 미투리를 수선했대.
　　　　갑자기 문들이 삐걱거렸대,
　　　　처음에는 초가집에서,
　　　　다음에는 오두막에서,
　　　　대부는 그만 오두막으로
　　　　떨어지고 말았대.

　하지만 포마 삼촌은 내게 이야기를 들려줄 수 있는 상황이
아니었다. 그는 검은 눈썹을 어둡게 찡그리고는 어머니와 '거
실'에 앉아서 지나치게 공손한 태도로 예의바르게 차를 마시고
있었다.

삼촌은 어머니와 관련된 것들은 모두 경탄스러워했다. 그는 어머니의 하나밖에 없는 남동생이었고, 어머니는 그를 진심으로 사랑했다. 하지만 삼촌은 어머니를 불처럼 두려워했고, 함께 있는 것을 몹시 어색해 했다.

어머니는 삼촌을 편하게 대했지만 삼촌은 어머니에게 깍듯이 존댓말을 썼고, 어머니는 삼촌을 그냥 포마라고 불렀지만 삼촌은 최대한 예의를 갖출 때의 호칭인 카테리나 오시포브나라고 불렀다.

어머니 앞에서 삼촌은 자신의 모든 시골 습관을 부끄러워했다. 그러면서 '세탁부'인 어머니를 귀부인으로 여겼고, 어머니의 초라한 집을 대저택이라고 생각했다. 그는 도시에 오면 도시 사람처럼 말하고 걸음걸이도 시골 사람과는 달라야 한다는 생각을 잠시도 잊지 않는 것 같았다.

컵의 차를 마시는 것도 삼촌에게는 고문이었고, 소시지와 마른 생선이 담긴 접시 옆에 놓인 포크도 그는 조심스러워했다. 음식에 선뜻 손을 대지 못할 정도로 말이다.

나 역시 삼촌이 시골 사람이라는 사실을 잠시도 잊지 않았다. 나는 그때까지 한 번도 시골에 가본 적이 없었다. 그래서 내게 '시골 사람'이란 붉은 피부의 인디언이나 해적, 혹은 큰 배의 선장과 다를 바 없었다. 나는 다림질대 위에 누워서 기다렸다. 차를 다 마시고 나면 포마 삼촌이 촌스러운 자기 모자를 집어 들고, 촌스러운 자기 말을 보러 헛간에 나간다는 걸 알고 있었기 때문이다.

　나는 늘 삼촌을 뒤따라가곤 했다. 그곳, 헛간에서 기적처럼 즐거운 일들이 벌어졌다. 어디선가 보드카 병이 나타났고, 포마 삼촌은 갑자기 유쾌하고 재치가 넘치는 수다쟁이가 되었다. 그의 주위로 마부와 짐꾼들이 모여들어 삼촌의 말끝마다 배를 잡고 웃어댔다. 그만큼 삼촌은 타고난 '이야기꾼'이었다.

　삼촌은 사람들의 흉내도 잘 내서 모두들 배를 움켜잡게 했다. 삼촌은 집주인 스피리돈 마크리의 흉내나 모퉁이를 돌아선 곳에서 술집을 하는 이사크 모르두히 노인, 세르세네비치 부인, 나와 마루샤, 말란카의 흉내는 물론이고, 심지어 자기 아내간나 드미트리예브나가 천둥을 무서워해서 번개가 치면 궤짝 속으로 기어 들어가는 흉내까지 냈다.

　눈을 부릅뜨고 뺨을 불룩하게 내밀고 이상하게 몸을 웅크리고 엄지손가락을 입에 물면 그는 이미 다른 사람이 되었다. 회색빛 수염부터 머리카락 끝까지 완벽하게, 나팔 연습을 하는 시모넨코로 변했던 것이다.

　"이번엔 아브라시카를 해봐요! 아브라시카!"

　"모탸를 해! 모탸!"

　모탸는 짐꾼들의 식사 일을 맡아 하는 몸집이 큰 아낙인데, 남자처럼 수염이 나고 뱃속까지 울리는 목소리로 욕설을 잘 했다. 포마 삼촌은 모탸 흉내뿐 아니라 눈 깜짝할 사이에 그녀로 둔갑했다. 바로 그녀가 화로 옆에 서서 불한당들을 돌아보며 불 위에서 끓고 있는 큰 냄비에서 지방덩이를 끄집어내어 그것을 설명하기 곤란한 그녀의 젖가슴에 감추는 거였다.

다들 알다시피 포마 삼촌 손에는 아무것도 없는데도 부드럽게 푹 삶은 뜨거운 지방덩이가 하얀 김 속에서 나와 모탸의 손과 가슴에 화상을 입히는 듯했고, 그녀가 다시 그것을 냄비 속에 힘껏 집어던지는 것처럼 보였다.

구경꾼들은 너무 웃은 나머지 힘이 빠져 쓰러졌고, 나중에는 웃지도 못했다. 구경꾼은 자꾸만 늘었고, 여기저기서 환호소리가 들렸다.

하지만 뒷문에 어머니가 잠깐 나타나기라도 하면, 포마 삼촌은 순식간에 시치미를 뚝 떼고 모자로 얼굴을 가렸다. 그런 다음 헛간 깊숙이 들어가 태연하게 짐수레의 바퀴나 이것저것을 매만지기 시작했다.

삼촌의 그런 행동이 항상 나를 놀라게 했다. 어머니는 무척 잘 웃는 사람이라서 삼촌이 우스갯소리를 해주면 더 기뻐했을 것 같았기 때문이다. 하지만 포마 삼촌은 어머니 앞에서는 금세 벙어리가 될 정도로 두려워했다.

그날도 삼촌은 지나치게 공손한 자세로 소파에 앉아, 소시지는 건드리려고도 하지 않고 입술을 데일만큼 뜨거운 차를 마시며 벌써 한 시간이나 벙어리처럼 입을 다물고 있었다. 어머니가 이런저런 이야기로 지치게 했지만, 삼촌은 '네'나 '아니오'만 할 뿐이었다.

아무튼 나는 그때 두 사람의 이야기가 언제쯤 끝났는지 전혀
기억하지 못한다. 다림질대 위에 누워 있다가 그만 깜박 잠이
들어버렸기 때문이다.

다시 학교에서

　다음날 아침, 날이 채 밝기도 전에 잠을 깬 나는 어제 미리 준비해 두었던 말을 하기 위해 곧바로 어머니에게 달려가려고 했다.

　'엄마, 너무 놀라지 마세요…… 모두 잘될 거예요…… 솔직히 말씀드릴게요. 실은 저 학교에서 쫓겨났어요.'

　그런데 그 순간 엉뚱한 생각이 떠올랐다.

　책가방을 챙겨서 아무 일도 없던 것처럼 학교에 가자. 다른 아이들이 오기 전에 조용히 교실로 들어가 내 책상에 앉아 있자. 여섯눈은 심한 근시라서 아마 나를 못 알아볼 거야. 만일 알아차린다 해도 누가 알겠어? 내가 가엾어져서 그의 작은 손을 내저으며 이렇게 말할지도 모르잖아?

　"좋아, 그대로 앉아 있어라. 하지만 기억해 두도록……."

　아니면 어쩜 그는 벌써 어제 일 따위는 잊었을지도 몰라. 왜냐하면 그에게는 해야 할 일과 문젯거리가 많을 테니까! 격분해서 벼락을 내렸지만, 이젠 다 잊었을 거야. 그래, 잊었어, 잊었을 거야! 여섯눈이 직접 그랬잖아. 우리 때문에 '머리가 돌아버리겠다!'고 말이야. 그러니까 이 따위 하찮은 일까지 그의 머리에 들어갈 자리는 없을 거야!

나는 그렇게 믿고 싶었다. 간절한 바람 탓인지 2~3분이 지나자 이미 재앙을 당한 일조차도 거짓말처럼 여겨졌다. 나는 서둘러 모자와 책가방을 집어 들고 아직 사람들의 왕래가 없는 텅 빈 거리로 뛰어나갔다.

카나트나야 거리로 나와 시계 상점의 유리창 너머로 들여다보니 6시 45분이었다. 밤에 내린 봄비로 인해 거리에선 먼지 냄새가 났다. 학교에는 아직 아무도 안 왔을 터였다. 수업이 시작되기 전에 교실에 들어가 조용히 지리 복습을 해야겠다. 지리에서 5점을 받았으면……. 역사도 그랬으면 좋겠다. 그런 생각을 하며 카나트나야 거리와 리브나야 거리가 만나는 사거리까지 온 나는, 만일 학교에서 쫓겨나지 않게 된다면 오늘부터라도 당장 열심히 공부해서, 전교 1등인 아드리안 산다구르스키보다 더 잘하는 학생이 되겠다고 다짐했다.

안드레예프스키 교회 뒤쪽 골목에 정원으로 둘러싸인 크롤 여학교의 새하얀 건물이 아침 햇살에 발갛게 빛났다. 그곳은 리타 바진스카야와 료카 크린지나, 그리고 티모샤의 여동생인 리자가 다니는 학교였다.

나는 나무 그림자가 길게 누워 있는 골목 안을 응시했다. 그 시간 거기에 바진스카야가 나타났으면 하고 바랐다. 너무나 간절하면 보이기도 하는지, 그녀가 나무 아래를 걷고 있었다. 나뭇잎 사이로 흘러든 햇빛과 그림자 물결이 그녀 위를 지나갔다. 하지만 바진스카야가 아니었다. 내가 잘못 본 거였다.

그 무렵, 나는 1년 전부터 그녀에게 마음을 빼앗긴 상태였다. 저편에서 걸어오는 그녀의 모습만 봐도 마치 박하 줄기를 입에 문 것처럼 심장이 서늘해져서 한 걸음을 내딛기도 힘들었다. 마치 지붕 위 높은 줄 위를 걷는 듯했다. 아무리 마음을 강하게 먹어도 그녀의 얼굴을 쳐다볼 수가 없었다. 그녀가 저만치 열 걸음이나 열두 걸음쯤 앞으로 다가오면 내 목은 무쇠처럼 굳어지고, 당황해서 쥐구멍에라도 들어가 자취를 감춰버리고 싶었다.

친구들이 그녀 앞에서 또래의 다른 여자애들과 마찬가지로 아무렇지 않게 이야기하는 걸 보면 나는 정말 이해할 수 없었다. 그들에게 그녀는 그저, 누구나 필요하면 언제라도 티눈고약을 살 수 있는 '대성당 약방' 집 딸에 불과했다. 그 무렵 온 거리의 벽에는 티눈고약 광고가 여기저기 붙어 있었다.

크롤 여학교는 우리 남학생들에게는 금지구역이었다. 그 학교 가까이에 서 있는 것조차 허락되지 않았다. 그래도 나를 포함한 무냐와 티모샤 마카로프, 이렇게 우리 셋은 겨울 동안에 특정 과목을 잘 못해서 특히 애를 먹는 여학생들에게 따뜻한 도움을 주기 위해 가장 확실한 방법을 생각해냈다.

비록 여학교와 우리 학교 사이에 두 개의 큰길이 가로막고 있고, 여학생들이 교실에서 꼼짝하지 못한다 해도 우리에게는 조금도 문제가 되지 않았다. 우리는 진짜 우체국 직원들도 깜짝 놀랄 만큼 확실한 방법으로 비밀리 연락을 취하고 있었다.

배달부 역할을 해준 사람은 이반 미트로파니치 선생과 신부였다. 물론 그들은 그 사실을 전혀 눈치 채지 못했다. 왜냐하면 우리는 이반 미트로파니치 선생의 작은 오버슈즈와 신부의 큼직한 오버슈즈를 우편함으로 이용했기 때문이다.

두 사람은 우리 학교와 크롤 여학교 학생들을 함께 가르쳤다. 그들은 날마다 정해진 시간에 여학교를 나와 우리 학교에 왔다가 한두 시간 뒤에 다시 여학교로 돌아갔다. 그들은 언제나 필립 모이세이치가 지키는 외투보관실에 외투와 오버슈즈를 벗어놓은 다음 교무실로 들어갔다.

그들이 교무실로 들어가면 우리는 외투보관실로 달려가 도둑처럼 주위를 살피면서 오버슈즈 속 깊이 손을 집어넣어 종이쪽지를 꺼냈다. 그리고 다음 한 시간 사이에 여학생에게 보내는 답장을 써서 다시 그 오버슈즈에 넣어두었다.

그런 사실을 꿈에도 모르고 선생은 다시 편지가 들어 있는 오버슈즈를 신고 진창길을 철벅거리며, 곱슬머리 시모치카 글라제르와 다리가 가는 아샤 보네츠카야가 답장이 오기만을 애타게 기다리고 있는 크롤 여학교로 갔다.

그러나 이제 봄이 되었고, 큰길은 남러시아에 어울리게 바짝 말라 있어 아무도 오버슈즈를 신고 다니지 않았다.

이윽고 나는 묵직한 졸참나무로 만든 학교 정문 앞에 섰다. 아직 아무도 없었다. 나는 현관으로 들어가 모자를 벗어 모자걸이에 걸고 교실로 들어갔다. 그리고 자리에 앉아 책가방에서 책을 꺼냈다. 게오르기 얀틴이 지은 〈지리〉책이었다. 나는 시베리아의 여러 강이라는 곳을 펴놓고 외우기 시작했다.

"레나, 오브, 예니세이, 콜리마, 앙가라……."

뒤로나 앞으로나 차례에 상관없이 시베리아를 흐르는 강의 이름을 줄줄이 말할 수 있게 되기까지는 15분도 걸리지 않았다. 하탄가, 인디기르카, 아나디르! 울림이 듣기 좋은 이 강들은 수량이 풍부하고 어족자원이 넘쳐나는 굉장한 강이었다.

얼마 뒤 청소부들이 와서 표정 없는 얼굴로 춤을 추듯이 복도를 닦기 시작했다. 사실 그때까지만 해도 나는 마루를 닦는 약냄새를 그다지 좋아하지 않았다. 그런데 그날은 그 냄새를 마음껏 들이마셨다. 학교 냄새였기 때문이다. 언제 교실에서 쫓겨날지 모른다는 초조감 탓인지, 그 순간 학교에 있는 모든 것이 아주 훌륭하게 느껴졌다.

그러고 있는 사이 이빨 빠진 빗으로 늘어진 구레나룻을 빗으면서 갈리킨 미술 선생—별명이 바르보스인데, 경비견이란 뜻이다—이 어슬렁거리며 교무실로 들어갔다. 상급생 감독을 겸하고 있는 그는 쉰 목소리와 텅 빈 눈을 가진, 우울하고 화를 잘내는 주름살투성이의 노인이었다. 갈리킨 선생은 정말 경비견과 꼭 닮아서 기침하는 모습까지도 감기 걸린 개와 똑같았다.

그러나 그날은 갈리킨 선생까지도 친근하게 느껴졌다. 아니, 가엾었다. 소문에는 그가 무슨 카타르질환을 앓고 있다고 했다. 성긴 구레나룻이 그날은 더욱 힘없이 늘어진 것 같았다. 늙고 병든 불쌍한 바르보스! 아침부터 저녁까지 내내 화가 나 있으니 얼마나 힘들까!

다음에는 볼코프 바실리 니키티치 지리 선생이 왔다. 그는 좀 괴짜였지만 마음씨가 좋은 분이었다. 나는 그의 수업을 위해서 하탄가, 앙가라, 인디기르카, 레나, 오브, 콜리마, 예니세이 강 이름을 달달 외웠다.

그런데 볼코프 선생과 친한 역사를 가르치는, 별명이 핀티-몬티인 이반 미트로파니치 선생은 어디 있을까? 고집스럽게 짧게 깎은 그의 툭 튀어나온 머리를 오늘도 볼 수 있다면 얼마나 좋을까!

핀티-몬티 선생은 괴짜 중에서도 괴짜였다. 첫째로 그는 일단 화가 나면 숨도 쉬지 않고 기관총처럼 욕설을 퍼부어댔다. 욕하는 순서도 정해져 있었다.

"짐승 같은 놈! 게으름뱅이! 돼지 먹따게! 핀티-몬티! 담장 위의 딱정벌레!"

이런 거친 말들이 차례대로 그의 목구멍에서 단숨에 튀어나왔다. 그는 그 순서를 절대로 바꾸지 않았다.

둘째로 수업 중에 대답을 잘 못하는 학생이 있으면 일부러 비위를 맞추려는 것 같은 듣기 좋은 말투로 그 학생을 불러낸다.

"이리 가까이 와…… 좀 더…… 좀 더……."

학생이 교단 곁으로 가면 그는 웃으며 부드럽게 말한다.

"자, 펜을 잡고…… 잉크를 묻혀서…… 여기 본인의 칸에…… 아니, 거기가 아니야. 여기…… 여기에 1점이라고 써."

자기 손으로 1점이라고 쓴다는 건 자기 손으로 자기 뺨을 때리는 거와 같다. 그래서 누구나 겨우 보일 정도로 깨알만하게 글씨를 쓴다.

"이거 작아도 너무 작구나? 좀 더 크게 써 봐. 사양하지 말고."

그가 어째서 그랬는지는 모르지만, 우리는 모두 선생의 그런 기이한 행동을 잘 따를 만큼 익숙해졌다. 사실 이반 미트로파니치 선생이 1점을 주는 경우는 극히 드물었다. 그럼에도 불구하고 만일 1점을 받았다면, 거기에는 그만한 이유가 분명히 있었다. 그래서 이 괴이한 방식에 불만을 품은 학생은 아무도 없었다.

핀티–몬티의 수업은 모두가 좋아했다. 정말 여기서 쫓겨나면, 졸린 듯 쉰 목소리로 느리게 들려주는 그의 이야기를 나는 더 이상 어디에서도 듣지 못하게 될 터였다. 그는 우리들에게 예전에 왕의 자리를 노린 사람들에 대해, 혁명가들에 대해, 시인들에 대해 하나하나 자세히 묘사해 주었다. 물론 정부가 발행한 역사교과서에는 마치 그들이 이 세상에 존재한 적이 없었던 것처럼 단 한마디도 언급되어 있지 않지만 말이다. 핀티–몬티의 이야기는 무슨 이야기든 재미있어서 '딱부리' 바벤티코프 형제조차 입을 헤벌리고 듣고 있을 정도였다.

잠시 후 바벤티코프 형제가 왔다. 두 뺨이 빨갛게 상기될 정도로 즐거워했다! 그들은 초콜릿 캔디인지 뭔지를 쪽쪽 소리나게 빨면서 흘러나오는 갈색 침을 소매로 닦으며 자기들 책상으로 걸어갔다.

천박한 이야기와 카드놀이를 빼고는—나는 그들이 그 순간에도 책가방 속에 닳아빠진 게임용 카드를 몰래 넣어 가지고 있을 거라 확신했다—아무런 흥미도 관심도 없는 저 게으른 아둔패기 멍청이들이 무슨 짓을 해도 상관없이 4점을 받고, 학년에서 학년으로 승급하여 3년 뒤에는 훌륭한 제복을 입은 대학생이 될 텐데, 어째서 나는…….

아니다, 불안하긴 하지만 불평할 것까진 없다. 어제와 마찬가지로, 또 일주일 전과 다름없이 나는 이렇게 내 자리에 앉아 있다. 아무도 나를 쫓아내지는 않을 것이다. 모든 게 다 잘될 것이다. 내 주위에는 5년 동안 함께 공부해 온 친구들이 있다.

주예프도 왔다. 그는 무거워 보이는 머리를 가슴 위에 푹 떨어뜨리고 할머니처럼 종종걸음으로 들어왔다. 나는 벌써 오래전부터 그의 냄새까지 알고 있었다. 그것은 오래된 커피, 교회의 향, 식초, 고양이와 쥐오줌풀 액즙과 비슷한 무슨 약 같은 할머니의 냄새였다.

나는 다 보았다. 주예프는 작고 빠른 동작으로 자기의 잉크병, 노트, 펜대에 차례로 성호를 긋고 나서, 교실에 걸려 있는 수염이 길고 머리가 벗겨진 나움 성상을 올려다보며 마찬가지로 성호를 긋고 할머니처럼 중얼거릴 터였다.

"나움 성자여! 저를 지혜로 인도하소서!"

나는 그에 대해 하나에서 열까지 죄다 알고 있었다. 그날은 토요일이었으므로 그는 학교에 오기 전에 얀친이 쓴 〈지리〉책의 복습 따위는 내팽개치고, 아침부터 작은 예배당에 달려가 두세 선생을 뺀 다른 선생은 모두 콜레라에 걸려서 죽어버리게 해 달라고 성심성의껏 기도하고 왔을 터였다.

바로 뒤에 몸집이 쥐처럼 작고 재빠른 돈벌이의 천재 아리스티드 오크잘라가 왔다. 그는 벌써 2년 동안이나 학급에서 기발한 거래로 돈벌이를 하고 있었다. 이를테면 2점 이하의 낮은 점수에 대해 보험을 드는 거였다.

특히 어려운 수업시간 전마다, 즉 대수 시험이나 라틴어 구두시험 같은 지독한 과목의 수업시간 전에 학생들은 모두 오크잘라에게로 달려가 그의 금고에 5코페이카를 맡긴다. 만일 좋은 점수를 얻게 되면 5코페이카는 금고에 그냥 맡겨두는 거고, 반대로 빵점이나 1점 또는 2점밖에 얻지 못했다면 오크잘라가 그 자리에서 즉시 위로금으로 5코페이카짜리 동전을 다섯 개 혹은 여섯 개를 꺼내주는 식이었다. 따라서 담당과목 선생에게 호명되지 않았다면 5코페이카는 자동적으로 금고에 맡겨두는 셈이다.

오크잘라는 자기는 매우 적은 이자밖에 받지 않으며, 많은 수익을 탐하지 않아 완전히 양심적인 사업이라고 떠벌렸기 때문에 그의 사업은 날로 번창했다. 하지만 그것도 끝이다. 만일 내가 이대로 학교에 남게 된다면, 오크잘라는 내게서 단 1코페이카도 받지 못하게 될 거다. 나는 전 과목에서 1등을 할 테고, 2점에 대한 두려움 따위는 필요 없을 테니까!

"하탄가, 앙가라, 인디기르카, 레나, 아나드리, 콜리마……."

그때 울어서 퉁퉁 부어터진 불행한 코젤스키가 들어왔다. 그는 오늘과 내일 각각 네 시간씩 '점수 위조와 성적표 은닉' 죄로 학교 감금실에 들어가 있어야 했다. 그래도 아버지가 티라스폴에 가고 없어서 주먹으로 맞지 않아도 됐으니 그나마 다행이었다. 그런데 저 괴짜 녀석은 왜 우는 거지? 나는 여섯눈이 이대로 학교에 있게만 해준다면 20시간이 아니라 200시간이라도 기쁘게 감금실에 앉아 있을 수 있다고 생각했다.

다음은 오늘 당번인 무냐 블로힌이 왔다. 땀을 뻘뻘 흘리며 가쁜 숨을 내쉬었다. 지각이라도 하면 큰일이므로 내내 뛰어온 모양이었다. 그는 학교에서 먼 지역인 몰다반카에 살았다.

"무냐, 안녕!"

"어어……! 너 왔구나?"

그가 놀라서 나를 쳐다보며 걸상 끝에 걸터앉았다.

"그런데 소문에 너를……."

그는 주먹을 쥐고 누군가를 문밖으로 밀어내는 시늉을 했다.

"그래 맞아, 쫓겨났어, 나."

나는 그렇게 말하며 웃어보려고 했다. 하지만 가슴에 꽉 막힌 슬픔을 말로 꺼내는 순간, 처음으로 나는 내가 처한 상황에 커다란 절망감을 느꼈다.

나는 자신이 불쌍해졌다. 그 순간 내 턱이 떨리기 시작했다. 그러지 않아도 물이 가득한 시베리아의 거대한 하탄가, 인디기르카, 아나드리 강을 적시면서 지리책 위에 좀체 흘리지 않던 내 눈물이 뚝뚝 떨어지는 소리가 들렸다.

"쫓겨났어……. 하지만 또 왔어…… 왜냐하면……."

그는 잘 알고 있다는 듯이 고개를 끄덕였다.

"와서 앉아 있는 거야……. 여느 때처럼……. 혹시나 잊어버려서…… 알아차리지 못할지도 모른다는 생각에…… 그래서 이렇게 와서 앉아 있어……."

나는 울음소리를 내지 않으려고 애썼다. 그리고 울었다. 목구멍에서 꺽꺽거리고 딸꾹질이 나올 때까지 울었다.

그는 믿을 수 없다는 듯이 입술로 쪽 소리를 냈다.

"넌 알아차리지 못할 거라고 생각하니? 글쎄…… 아무튼 좀 두고 보자. 우리가 어떻게 알겠어? 그리고…… 너 이리 와 앉는 게 낫겠다. 네가 내 자리에 앉아. 그럼 내가 네 자리에 앉을 테니까. 팔꿈치를 벌리고 칸막이 노릇을 해줄게."

그런 일은 그다지 도움이 될 것 같지 않았지만, 달리 그가 나를 도와줄 방법도 없었을 것이다. 어찌됐든 나는 그 한 가닥 지푸라기에 매달리기로 했다.

이윽고 시각은 9시 30분이 가까워졌다. 여느 때라면 특히 감시가 심해지는 시간이었지만, 다행히 나는 아무에게도 들키지 않았다. 언제나 이 시간이면 여섯눈은 복도를 따라 재빨리 돌아다니면서, 박쥐처럼 교실마다 들여다보며 똑같은 말을 딱딱 끊어가며 되풀이했다.

"이-꼴사나운-고함소리-당장-그만둬!"

그리고 뭔가 대단히 바쁜 일이라도 있는 듯한 걸음걸이로 계속해서 발끝으로 걸어갔다.

같은 시간 학생 감독을 맡은 붉은 코 프로호르 예브게니예비치, 일명 프로시카 선생은 교실 사이를 돌아다녔다. 그가 문마다 머리를 들이밀고 하는 말이라곤 주로 한마디밖에 없었다.

"쉬……잇!"

프로호르 예브게니예비치 선생은 바르보스 선생보다 더 나빴다. 그는 바닥이 부드러운 신발을 신고 학생들의 뒤를 밟고 다니며 엿보거나 엿들으며 감시했다. 험담에 밀고도 잘하고 염탐도 잘하는 그를 전교생 모두 미워했다. 만일 누군가 저녁 7시 이후 밖에 나가거나, 책가방을 잠그는 걸 잊어버리거나, 물웅덩이를 피해 가느라 정신이 팔려서 프로시카 앞에서 모자를 벗지 않으면, 그 학생의 이름은 바로 프로시카의 녹색 수첩에 적혔다. 그러면 이튿날 수업이 끝난 뒤, 그 학생은 어김없이 한두 시간 정도는 학교 감금실에 무릎을 꿇고 앉아 있어야만 했다.

무냐의 등 뒤에서

벨이 울리자 프랑스어 선생인 무슈 랸이 검은 보랏빛 스카프 끝으로 좁은 이마를 닦으며 교실로 들어왔다. 무슈 랸이라면 나는 조금도 무섭지 않았다. 그는 러시아에 온 지 꽤 오래 됐는데도 아직 러시아어를 알지 못했다.

무슈 랸은 마치 달에서 떨어진 사람과 같아서 얼굴을 기억하는 학생이 하나도 없었고, 지금 자신이 몇 학년 몇 반에 와 있는지도 잘 알지 못했다. 수년 동안 우리가 그에게서 배운 프랑스어는 한마디도 없었다. 사실 하나 있긴 했다. 잊고 싶어도 잊을 수 없는 단어였다. 그것은 랸, 그러니까 당나귀(바보)라는 말이었다.

어째서 그가 이런 성을 갖게 됐는지 나는 지금도 모르겠다. 하지만 그와 말을 해본 적이 없기 때문에 그의 성이 정말로 '당나귀'였는지 어떤지는 알 수 없다. 우리 학급에는 기저귀를 떼기도 전부터 프랑스어를 알게 된 운 좋은 친구들이 7~8명 있었다. 무슈 랸은 그들과 아주 친한 듯이 서로 이야기를 주고받았고, 그들 앞에서 농담을 할 때는 매번 손가락을 들어올리며

71

웃기도 했지만, 다른 학생들에게는 전혀 관심을 쏟지 않았다. 만일 내 자리에 친딜린데르나 바시카 페촌킨이 앉아 있다고 해도 무슈 란은 전혀 알지 못할 것이다.

하지만 그에게는 뭔가 좋은 점도 분명히 있었다. 특히 그날 나는 그 점을 확실히 보았다. 주목할 만한 그의 스카프도 여느 때처럼 우습게 여겨지지 않았다. 도대체 그 스카프의 어디가 나쁘단 말인가? 무슈 란은 그것으로 빈약하고 추위에 민감한 목을 감쌀 뿐만 아니라 구두도 닦고 칠판의 분필도 닦아냈다. 그는 이따금 거기다 코를 팽 하고 풀기도 했다.

산다구르스키와 사브로프 등, 우리 반의 '귀족들'이 무슈 란과 열심히 이야기하는 걸 부러운 눈으로 바라보면서 나는 마음속으로 다짐했다.

'만약 이대로 학교에 있게 해준다면 두세 달 안에 반드시 프랑스어를 완벽하게 배우고 말겠어. 스카프야 빨면 다시 깨끗해지는 거지!'

잠시 뒤 벨이 울렸고, 쉬는 시간이 되자 모두 복도로 뛰어나갔다. 나는 자리에 조용히 앉아 있었다. 당번인 무냐도 다른 학생도 아무도 내게 방해가 되지 않았다.

무냐는 교실 창문을 열어 놓고 나서 잉크병을 가지러 사무실로 가려고 했다. 그러다 곧 재빨리 되돌아왔다.

"여섯눈하고 프로시카가 이리 오고 있어!"

나는 깜짝 놀라서 교실 안을 뛰어다녔다. 어디 숨을 곳이 없올까? 벽난로 뒤는 어떨까? 그보다 교단 밑으로 들어갈까?

다행히 그것은 공연한 소동으로 끝났다. 여섯눈과 프로시카는 우리 교실을 지나 곧바로 옆 교실인 6학년 교실로 들어갔다.

나중에 안 일이지만, 그날 6학년 교실에서 사소한 소동이 벌어졌다. 아침에 누군가가 칠판 밑에 놓아둔 분필 상자에 고양이를 넣어두었던 것이다. 그래서 여섯눈과 프로시카는 바실리 아파나시예비치와 바르보스, 그리고 1층 하급생 감독인 피지코프를 이끌고 재판을 해서 벌을 주기 위해 범행 현장으로 달려가던 참이었다.

그러니까 적어도 30분이나 한 시간 동안 나는 아무것도 걱정할 필요가 없었다.

다음의 기하학 수업시간도 아무 일 없이 지나갔다.

6학년 교실의 '고양이 사건'은 아직 끝나지 않았다. 여섯눈은 언제나 그렇듯이 긴 연설을 하고 있을 게 분명했다. 나는 두 번째 쉬는 시간이 되자 교실에서 뛰어나가, 시계가 걸린 벽에서 성상이 걸린 벽까지 온 복도를 질주했다. 벽은 나무격자 울타리였다. 여섯눈은 이 울타리 벽 뒤에 마치 화장실로 달려가다 이곳에 멈춰 서서 낙서를 할 주예프를 위해 특별히 만들었을 것 같은 작은 기도실을 설치해 놓았다.

나는 초를 먹여 반들반들해진 마루를 얼음판에서처럼 중심을 잡지 못하고 이리저리 미끄러지며 달려갔다. 그리고 다른 학생들 틈에 섞여 유리창 너머로 6학년 교실을 들여다보았다.

6학년 학생들은 병정처럼 차렷 자세로 서 있었다. 부르그메이스테르 교장선생은 여전히 재미없는 연설로 학생들을 닦달하고 있었다.

벨이 울렸다. 자리로 돌아가면서 나는 멀리서 내 친구 티모샤의 기뻐하는 눈빛을 보았다. 그는 내가 없어져서 몹시 걱정하던 참이었다. 나는 얼른 자리에 앉아 역사책을 폈다. 예카테리나 2세의 통치 편, 제8과와 제9과였다. 이제 다시 이반 미트로파니치 선생의 다정한 욕을 들을 수 있을 터였다.

'짐승 같은 놈! 게으름뱅이! 돼지 멱따개! 핀티-몬티! 담장 위의 딱정벌레!'

하지만 교실로 들어온 사람은 뜻밖에도 이반 미트로파니치 선생이 아니라 여섯눈이었다. 그의 뒤를 따라 체격이 당당한 어떤 남자가 들어왔다. 곱슬머리에 키가 크고, 손질이 잘된 수염이 넓게 물결쳤다.

여섯눈은 앞으로 걸어 나와 언제나 끼고 있는 안경 위에 코안경을 하나 더 끼고—그래서 우리는 그를 '여섯눈'이라고 불렀다—말하기 시작했다.

"여러분의 새로운 선생님인 이고리 레오니도비치 구지마-카르체프스키 선생님을 소개하겠어요. 여러분은 이렇게 훌륭하신 선생님을 보내주신 은혜로운 하느님께 감사해야 해요. 태고로부터 우리 러시아인은 국가의 권위를……."

그 다음은 뭐가 뭔지도 알 수 없고 지루하기만 한 말이 길게 이어졌다. 그 긴 연설이 끝나서야 한 가지 분명한 사실을 알게됐다. 우리의 핀티-몬티, 그러니까 이반 미트로파니치 선생이 학교를 떠나 다시는 돌아오지 않는다는 사실이었다.

마침내 여섯눈이 사라졌다. 새로 온 선생은 어리벙벙해 있는 우리를 못 본 체하고, 갑자기 나눔 성상을 향해 세 번 성호를 긋고 나서 마치 격투라도 벌이려는 사람처럼 딱 벌어진 어깨를 한 번 올렸다 내렸다. 그리고는 자신만만한 태도로 책상 사이를 성큼성큼 걷기 시작했다.

그는 싸움에 나선 군인처럼 튜틴에게 물었다.

"지금 무엇을 공부하나?"

"예카테리나 2세입니다. 제8과와 제9과입니다."

"틀렸어. 일어서 차렷! ……그럼 너!"

"우리는 예카테리나 2세를 공부하고 있습니다. 제8과와 제9과입니다."

"틀렸어. 일어서 차렷! ……그럼 너!"

누구에게 물어도 학생들의 대답은 모두 한결 같았다. 그는 매번 '일어서 차렷!'으로 학생들을 일으켜 세웠다. 그런 '차렷'의 수가 이미 열 명도 넘었다. 그는 쥐며느리나 두꺼비라도 보는 것처럼 혐오스럽게 그들을 훑어보았다. 이윽고 그가 몹시 불운하고 고난에 찬 목소리로, 마디마다 딱딱 끊으면서 매우 천천히 말했다.

"예카테리나가 아니다. 위대한 예카테리나 대-제-다. 문지기

75

여자쯤이라면 예카테리나라고 함부로 불러도 되겠지……. 그러나 이건 모든 국-민-을 다스-리-시-는 여-왕에 대한 일이다. 여왕께선 인습과 풍습을 고치고 학문을 넓혀 우리 조국의 행복을 위해 새로운 영토를 확장하셨다……."

그는 당장이라도 울음을 터트릴 것만 같았다. 그리고 여전히 수난을 당하는 아이 같은 목소리로 계속 이어나갔다. 그의 큰 몸집에 몹시 어울리지 않는 기형적인 모습이었다.

"여러분에게 미리 말해 두겠다. 만약 여러분 가운데 역사 시간에 러시아의 전제 군-주-들에 대해 그냥 파벨이니, 알렉산드르니, 니콜라이니, 이반이니 하고 이름만 부르는 사람이 있으면…… 그 학생은 나한테—여기서 그의 얼굴이 태양처럼 빛났다— 1-점-을 받을 각오를 해야만 할 것이다."

벌써 오래전에 벨이 울려 점심시간이 되었는데도 그의 이야기는 계속되었다.

블로힌이 나를 돌아보며 말했다.

"어떤 스파이 때문에 핀티-몬티가 쥐도 새도 모르게 쫓겨났을까?"

"핀티-몬티가 정말 쫓겨났어?"

"이런! 벌써 지난 주 토요일에 일어난 얘기야."

"넌 알고 있었단 말이야?"

"당근이지!"

블로힌은 지리학자인 볼코프 선생 집에 살았기 때문에 그로부터 많은 학교의 비밀들을 알고 있었다.

　누가 대체 핀티-몬티를 쫓아냈을까? 무슨 이유로? 어떤 나쁜 짓을 했기에?

　핀티-몬티만큼 학생들에게 온화한 느낌을 갖고 진심을 다해 가르치는 선생은 없었다. 그는 우리의 친구였고, 믿음직한 동료와도 같았다.

　지금도 기억하는데, 3학년에서 4학년으로 올라가는 기말시험 때였다. 느닷없이 교회와 신부들 가운데서 가장 높은 디오미드 대주교가 화려한 마차를 타고 학교에 왔다. 대주교를 맞이하기 위해 층계 옆에서는 환영의 노래가 울려 퍼졌다. 여섯눈과 그 밖의 교직원들이 현관에 모여 대주교의 손에 입을 맞추려고 기다렸다.

　그러는 동안 우리는 두려움에 떨면서 교실에 앉아 있었다. 그렇게 높은 분이 계신 자리에서 치르는 시험이라면 실수를 봐줄 리가 없을 터였다. 그 무렵 교리는 가장 중요하고 어려운 과목이었다. 기도문이며 복음서의 구절을 몇 십 개나 외우고 있어야만 했다. 이 시험에 실패한다면 우리는 돌이킬 수 없는 불행을 겪게 될 터였다.

　그런데 여섯눈과 다른 교직원들이 현관에서 어물거리는 사이 핀티-몬티가 교실로 들어왔다. 그 뒤 고작 2~3분 만에 우리는 모두 공포에서 구출되었다.

　핀티-몬티는 한마디도 하지 않고, 무겁고 차분한 걸음걸이로 묵묵히 푸른 천을 덮어 놓은 책상으로 다가갔다. 그는 시험 문제가 적힌 카드를 제일 끝에서부터 7~8장 집어 들었다. 그리고 놀라서 멍하니 바라보는 우리에게 그 카드를 펼쳐서 보여주었다. 우리가 문제를 기억할 시간이 충분하도록 천천히 보여주고 나서 순서대로 책상 위에 엎어 놓았다. 그는 다른 카드에 대해서도 똑같이 해 보였다.

마침내 그 어마어마하신 대주교님께서 멜레티와 여섯눈, 바르보스와 프로시카의 부축을 받으며 시험장 귀빈석에 자리 잡았을 때, 우리는 각자 자기가 원하는 카드가 책상 어디쯤 놓여 있는지 다 알았다.

내가 가장 자신 있는 문제는 24번 카드에 적혀 있었다. 나는 그 카드가 잉크병 오른쪽에 놓인 걸 기억했다가 차례가 되자 망설이지 않고 그 카드를 집어 들었다. 그리고 조금도 막힘없이 문제에 답했다. 내 답변을 들으면서 대주교는 고개를 끄덕이고 내게 5점 만점을 주었다. 그 시험에서는 다른 학생들도 거의 만점을 받았다. 모두 핀티-몬티 덕분이었다. 나는 그가 사제들과 종교적 편견에 대해 격렬하게 반대했다는 사실을 나중에서야 알게 되었다.

우리는 핀티-몬티도 우리와 마찬가지로 여섯눈과 그를 따르는 모든 '대천사들'—이것은 핀티-몬티의 표현이다—을 증오했고, 반대로 그들도 핀티-몬티를 싫어한다는 걸 본능적으로 알아챘었다.

드디어 새로 온 구지마-카르체프스키가 문을 향해 걸어갔다. 모두들 휘파람을 불며 서로 밀치면서 우당탕 쿵쾅거리며 그의 뒤를 이어 복도로 쏟아져 나갔다.

나도 가능한 한 가장 복잡한 무리들 속에서 벗어나지 않으며 그들과 함께 달렸다. 프로시카에게도, 바르보스에게도, 부르그메이스테르에게도 들키지 않기 위해서였다.

점심시간만 지나면 되었다! 그 다음엔 이제 걱정할 필요가 없었다!

점심시간 후에는 바로 라틴어 시간이었다. 다른 친구들은 모두 그 시간을 싫어했지만 나는 1학년 때부터 라틴어를 모국어처럼 좋아했다. 라틴어 글자 하나하나가 보석처럼 여겨졌다. 나는 좋아하는 노래를 반복해서 부르듯이 아름다운 라틴어를 되풀이하여 읽곤 했다.

오늘도 이그나티 이바니치 카분 선생은 나를 칠판 옆으로 불러내어, 내가 대답할 때마다 붉은 머리를 끄덕이면서 "베네(좋아)!" 하고 칭찬할 거였다. 카분 선생이라면 조금도 두렵지 않았다. 그는 항상 나를 위해 주었기 때문이다.

그 다음은 지리 시간이었다. 그 시간도 두렵지 않았다.

"물이 풍부한 시베리아의 강들은 하탄가, 앙가라, 인디기르카, 레나, 아나드리, 콜리마입니다."

그러고 나면 끝이었다. 그 다음엔 리브나야 거리의 집으로 돌아가면 되었다!

아, 집에는 포마 삼촌이 있었다. 그리고 다음날은 일요일이었다. 지하실에는 고슴도치도 있었다. 또 내일은 제일 친한 내 친구, 내가 가장 좋아하는 티모샤가 찾아올 거였다!

학교 출입 금지

나와 티모샤는 1학년 때부터 단짝이었다. 우리는 그가 우리 학교에 전학 오고 나서 곧 친해졌다.

그가 전학 온 지 얼마 안 되었을 때였다. 우리 교실 옆 복도에서 벽난로의 불이 밖으로 활활 타올랐고, 누군가 "불이야!" 하고 소리쳤던 걸로 기억한다. 그 소리에 깜짝 놀란 티모샤가 심하게 말을 더듬으며 고백했다.

"그 소리, 땜메 내 가, 가슴이 드, 두, 두근두근해."

그가 얼마나 심하게 말을 더듬었는지, 심지어 우리는 '두근두근'이 아니라 '뜨끈뜨끈'이라고 들었다. 우리 중 많은 아이들이 깜짝 놀라 와아 웃음을 터뜨렸다. 우리는 그의 '땜메'와 '뜨끈뜨끈'이란 말이 무척 낯설게 들렸다. 그때는 티모샤가 아르한겔스크에서 갓 이사 왔을 때였고, 남러시아의 말과 많이 다른 그의 북러시아 사투리는 대단히 거칠게 느껴졌다.

주근깨투성이에다 귀가 크고 말까지 더듬는 그를 아무도 좋아하지 않았다. 그가 말을 더듬으며 얘기할 때마다 침을 튀겨서 아이들은 그의 이야기가 끝나기도 전에 모두 달아나 버렸다. 그런데도 그는, 대부분의 말더듬이와 마찬가지로 얘기하는 걸 좋아했다. 나는 첫날부터 유일하게 그의 얘기를 들어준 참을성 있고 온화한 청중이었다.

처음에는 단지 동정하는 마음에서 그의 얘기를 들어주곤 했다. 그런데 얼마 뒤 아직까지도 설명할 수 없는 묘한 일이 일어났다. 이상하게도 티모샤는 나와 얘기할 때만은 거의 말을 더듬지 않았다. 다른 학생들과 얘기할 때는 여전히 더듬었지만, 나와 단둘이 마주하게 되면 그때부터는 다른 애들과 마찬가지로 그의 입에서 문장들이 매끄럽게 흘러나오기 시작했다.

그는 백해에서 흑해로 자신과 함께 실어온 투박한 북러시아 사투리로 신드바드의 모험, 로크 새, 알라딘 램프, 금 그릇으로 꽉 찬 마의 동굴, 괴물이 사는 지하정원에 대한 이야기를 했다. 그 가운데 가장 많이 들었던 이야기는 밀수업자와 명랑한 도둑에 관한 거였는데, 그는 마치 그들을 직접 두 눈으로 본 것처럼 실감나게 묘사했다.

그의 아버지는 항구의 세관원이었는데, 밀수업자를 수십 명이나 잡았다고 했다. 적어도 티모샤의 말로는 그랬다.

하지만 그가 해준 밀수업자에 대한 이야기는 순전히 그가 지어낸 이야기였고, 나는 그걸 나중에서야 알게 됐다. 하지만 당시는 그 이야기를 그대로 믿었고, 거기에 매료되어 몹시 흥분했었다.

그의 이야기에 나오는 밀수업자들은 모두 하나같이 용감무

쌍하고 몸집이 큰 거인들로, 흰 이빨에 긴 권총을 가지고 다녔다. 하지만 티모샤의 아버지는 그들보다 더 용감했다.

티모샤의 아버지는 그들과 맞서 싸우기 위해 미친 듯이 휘몰아치는 폭풍우도 두려워하지 않고, 세관의 카테르(작은 보트)를 저어 나갔다. 그리고 권총을 마구 쏘아대는 밀수업자들을 비웃으며 소인들의 나라에 간 걸리버처럼 그들을 생포했다.

나중에 티모샤의 아버지를 보고 나는 무척 놀랐다. 거친 해적들의 위협적인 파괴자는, 대머리에 건강하지 못한 얼굴빛을 가진, 가장 평범한 여느 공무원과 다르지 않았기 때문이다. 게다가 그는 사시사철 그를 괴롭히는 류머티즘 때문에 여름에도 따뜻한 펠트장화를 신고 살았다.

어쩌면 티모샤는 실제 아버지가 그렇게 병약하고 재미없는 사람이었기 때문에 전혀 다른 아버지의 모습을 상상해냈는지도 모르겠다.

티모샤가 공상 속에서 만들어낸 아버지의 용감한 활약을 얘기해 준 곳은 대부분 우리가 살던 집 뒤뜰이었다. 거기에는 '칼라마시카'라는 색을 칠하지 않은 크고 깊은 구유를 닮은 반원형의 통들이 놓여 있었다. 그 통들은 쓰레기와 눈을 퍼 담아 실어 나르는 데 사용하는 것이었는데, 한가할 때면 나와 티모샤는 칼라마시카에 숨어 들어가곤 했다.

거칠고 울퉁불퉁한 바닥에 누워 우리는 온갖 꾸며낸 이야기들을 밑도 끝도 없이 서로에게 소곤대곤 했다. 왠지는 모르지만 우리는 이것을 〈바그다드이야기〉라고 이름 지었다.

3학년이 되었을 때, 우리는 티모샤의 어머니가 읽고 발췌해 놓은 빨간색 잡지 《세계일주》를 한 주일씩 늦게 읽기 시작했고, 역시 칼라마시카 속에서 짐승들의 발자국을 따라가는 숙련된 사냥꾼들, 식인종, 카우보이들, 불을 뿜어내는 산, 아프리카의 신기루에 얽힌 역사를 서로가 서로에게 이야기하기 시작했다.

우리가 칼리마시카 바닥에 닿으면 놀랍게도 칼리마시카는 보트처럼 흔들리며 〈바그다드이야기〉가 시작되었고, 마치 다른 나라에서 살고 있는 것처럼 우리는 진짜 다른 사람이 되었다. 거리에서 숫염소 필리몬을 약 올릴 때나 페촌킨 네 오합지졸과 전쟁놀이를 할 때와는 완전히 달랐다.

5학년이 된 다음, 아무에게도 말한 적이 없는 중요한 두 가지 비밀을 티모샤에게 고백한 곳도 칼리마시카였다. 하나는 리타 바진스카야를 짝사랑한 얘기였고, 또 하나는 시를 쓰고 있다는 얘기였다. 그런 종류의 얘기는 칼리마시카에서만 했다. 칼리마시카에서 밖으로 기어 나오는 즉시 우리의 모든 이야기는 정지되었다. 만일 우리가 칼리마시카에서 나누었던 얘기들을 내가 교실이나 거리에서 한마디라도 했다면 티모샤는 아마 기겁을 했을 것이다.

흥분된 티모샤가 기쁜 얼굴로 달려왔다.

"야, 정말 잘됐어! 이젠 걱정하지 않아도 돼! 여섯눈이 널 거칠게 몰아붙인 걸 후회하나 봐."

티모샤가 내 어깨를 두드렸다. 금세 마음이 가벼워졌다. 정말이다! 뇌우는 지나갔다. 불안이 사라지자 나는 심한 공복감을 느꼈다. 그제야 나는 내가 아침은커녕 이른 아침부터 물 한 모금 입에 대지 않았다는 사실을 깨달았다. 게다가 돈도 도시락도 지니지 않은 채 이른 아침 집에서 나왔던 것이다.

때마침 학생들이 복도로 몰려갔다. 그곳엔 문지기 푸시킨이 탁자에 지저분한 테이블보를 깔고 소시지와 햄, 샌드위치 등 먹을거리를 산더미처럼 쌓아 놓고 있었다. 나는 푸시킨에게 두꺼운 가락지 빵 '세미타치'나 바게트를 외상으로 달라고 부탁했다.

푸시킨은 나를 의심스럽게 쳐다보았지만, 그래도 잠시 망설인 끝에 바구니에서 어제 팔다 남은 쭈글쭈글해진 바게트를 꺼내서 부루퉁하니 나한테 내밀었다. 아, 이렇게나 작은 빵이라니! 이런 건 다섯 개나 여섯 개라도 성에 차지 않을 것 같았다.

"푸시킨, 좀 더 주면 안 될까?"

그때였다. 바로 내 등 뒤에서 길게 잡아 빼는 소리가 들렸다.

"잠까~안! 잠까~안! 잠까~안만 기다려볼까요?"

나는 뒤돌아보았다.

노란 바퀴벌레 수염, 쭈그러진 얼굴, 파란 색깔의 눈 속에 비친 희열감! 프로시카였다.

"여기서 대체 뭘 하는 건가요?"

나는 당황하여 어쩔 줄 모르고 그를 쳐다보며 나도 모르게 바게트를 내보였다.

"이걸…… 샀습니다…… 그러니까…… 샀다기보다, 하지
만…… 돈은 내일…… 내일 갚을 테니까요…… 오늘은…… 마
침……."

그가 학교 안이 다 들리도록 큰 소리로 말했다.

"여긴 외부인을 위한 빵집이 아니에요. 혹시 출입문에 걸린
'외부인 출입 금지'라는 안내판을 보지도 못했나요?"

학생들이 말없이 몰려들어 우리 주위를 둘러쌌다. 그 수는
백 명도 더 되는 것 같았다. 그럼에도 어디선가 자꾸만 모여들
었다. 그 가운데 두셋은 바이올린을 들고 있었다. 음악시간이
막 끝난 모양이었다.

"여긴 외부인을 위한 빵집이 아니라고 했어요."

프로시카는 나는 쳐다보지도 않고 학생들 무리를 둘러보며
악의에 찬 목소리로 반복했다. 그는 손을 마주 비비면서 가슴
을 쑥 내밀었다. 그 모습은 마치 자기가 꿈꾸어왔던 역할을 겨
우 얻어서, 흥분한 관중의 박수를 받으며 이제 막 연기를 시작
하려는 광대와 닮아 있었다.

나는 갈피를 잡지 못하고 두서없이 더듬거리며 겨우 말했다.

"프로호르 예브게니치 선생님, 전 아무 짓도 안 했어요……
코젤스키에게 물어보세요…… 주쟈 말이에요. 주쟈, 넌 왜 가
만히 있어? 넌 알잖아, 난 네 성적표를 본 적조차 없잖아. 정말
이에요. 전 보지도 못했어요. 학급 친구들도 다 그렇다고 인정

할 거예요. 아, 저기 튠틴도…… 튠틴에게 물어보세요."

"아니지요! 미안하지만! 본인의 친구들은 저기 밖에 있을 테지요!"

프로시카는 손으로 창밖을 가리켰다. 건너편 수도원 뜰을 막고 있는 철책 옆 보도에, 사람들이 '보샤베크'라고 부르는, 집 없이 떠돌아다니는 누더기차림의 아이들이 3월의 햇빛 아래 옹기종기 몰려 있었다.

"설마 저 신사들을 여기에 초대할 생각은 아니겠지요?"

프로시카가 빈정거리는 목소리로 물었다.

"자리에 앉으세요, 여러분! 우리는 대수, 화학 등, 모든 언어를 여러분에게 가르칩니다."

이건 프로시카가 좋아하는 주제였다. 여러 해 동안 그는, 김나지움이란 선택된 사람들을 위해 존재하는 거라는 말을 수없이 되풀이해 왔다.

그는 그날, 특히 그 주제에 대해 장황한 연설을 늘어놓기 시작했다. 그리고 나는 그제야 비로소 여섯눈이 오른쪽 자신의 사무실 '수난의 방' 문 곁에 조용히 서서 눈을 가늘게 뜨고 고개를 끄덕이는 걸 알아차렸다.

프로시카는 여섯눈의 원숭이였다. 그는 여섯눈의 손짓과 몸짓, 과장된 연설을 늘어놓는 것까지 모두 흉내를 냈다. 게다가 그는 시력이 매우 좋으면서도 완전한 근시인 부르그메이스테르처럼 눈을 가늘게 뜨고 바라보았다.

그의 말이 안개 속에서처럼 들렸다. 내 바로 건너편에는 흥분해서 하얗게 질린 티모샤가 서 있었다. 그의 파란 눈은 프로시카에 대한 증오로 이글거렸다. 두 볼은 경련을 일으켰고, 입술은 멈추지 않고 움찔거렸다. 그는 있는 힘을 다해 뭔가 말하려고 했지만 말더듬이였기 때문에 할 수 없었다. 조금이라도 흥분하면 그의 혀는 단단하게 굳어서 소 울음 같은 소리만 나왔다.

8학년인 류드빅 메이에르도 가까이 서서 가엾게 나를 지켜보고 있었다.

"이제 그만 돌아가 주시지요!"

프로시카가 나를 향해 비웃듯 일부러 공손한 투로 말했다. 그리고 이번에는 전혀 다른 목소리로 학교 급사인 어린 코스챠에게 말했다.

"이거, 아주 용케도 파고들어왔군! 너도 '프로호르 예브게니치 선생님, 저는 빵을 사러 왔습니다!'라고 할 거냐?"

튜틴이 소리쳤다.

"아니에요, 코스챠는 아침부터 여기 있었어요!"

"아침부터? ……그러어쿤! 코스챠, 잘 보고 명심해라. 만약 이분께서 찾아와도 정문으로도 후문으로도 절대로 들어오시게 해선 안 된다. 현관으로는 말할 필요도 없고……. 자, 그럼 젊은이는 이쪽으로!"

"프로호르 예브게니치 선생님!"

멀리서 무냐 블로힌이 학생들 틈을 비집고 나오면서 외쳤다.

"아마 선생님께선 모르실 거예요…… 제가 당장 다 말씀드리겠습니다……."

프로시카는, 여섯눈이 가장 고질적인 '수난자들'을 바라볼 때와 조금도 다름없는 불길하고 의미심장한 시선으로 블로힌을 쳐다보고는, 한마디도 대답하지 않고 아까처럼 공손함을 가장한 비웃는 투로 내게 말했다.

"사물을 챙겨 오세요. 만약에 개인 사물이 있다면 말이지요. 그럼 나를 따라오세요……. 자, 이리로!"

프로시카는 학교에 전혀 와본 적이 없는 사람에게 하듯 '오른쪽이요', '왼쪽이요' 하고 길을 안내하여, 코스챠가 옆을 지키는 가운데, 경찰에게 잡혀가는 죄수처럼 나를 현관 입구까지 데리고 갔다.

"잠깐만 기다려주세요!"

아래층 복도에서 쏟아져 나온 1학년 학생들에게 떠밀려 나오며 무냐 블로힌이 소리쳤다.

나는 눈을 내리깔고 걸었다. 왠지 내가 잡혀가는 도둑 같아서 뒤따라오는 학생들에게 창피해 견딜 수가 없었다.

마침내 무냐가 가까스로 학생들을 헤치고 프로시카 앞에 당도했다.

"프로호르 예브게니치 선생님, 그는 단지 2주일 동안만이에요! ……회의에서 결정될 때까지만이라고요. 저는 그렇게 들었어요……. 다들 그렇게 말했다고요. 아마 선생님께서 모르신 거 같아요……."

"회의는 이미 어젯저녁에 열렸어. 비상회의였지! 그 결과 애는 물론, 두 명이 더 제적당했단 말이다!"

그 무서운 청천벽력 같은 말을 듣고도 나는 바닥에 쓰러지지 않았다. 울부짖지도 않았다. 새로운 슬픔이 파고들 자리가 이미 내 몸속에는 더 이상 남아 있지 않은 것 같았다.

티모샤가 나에게 뭐라고 했지만, 무슨 말을 하는지 들리지 않았다. 나는 마치 벙어리가 되고 귀머거리가 된 것 같았다.

그대로 우리는 외투 보관소로 내려갔다. 이곳의 계단 하나하나에서부터 벽에 묻은 얼룩 하나하나까지 나는 모두 알고 있었다. 아래층 로비에는 아홉 살밖에 안 된 1학년 학생들이 가득 모여서 몹시 겁먹은 눈을 동그랗게 뜨고 나를 바라보았다. 아마 그들에게는 내가 달아나기만 하면 당장이라도 무슨 나쁜 짓을 저지를 진짜 도둑처럼 보였을 것이다.

등이 굽고 불운한 내가 층계를 내려갔다.

외투 보관소에서 나는 멜레티 신부를 보았다. 그는 실눈을 하고 거울을 들여다보며 작은 솔로 뿌옇고 엉성해진 눈썹을 열심히 빗고 있었다. 나는 늘 하던 버릇대로 거울 속의 그에게 머리를 숙여 인사했다. 그가 울타리나 나무를 쳐다보듯 나를 바라보았다.

프로시카가 모이세이치에게 소리쳤다.

"이분께 모자를 집어 드리게!"

학생에게 모자를 '집어 드리다'니! 우리 학교에 그런 관습은 없었다.

나는 모자걸이로 걸어가려고 했다. 낯익은 내 모자걸이는 왼쪽으로 첫 번째, 번호는 11번이었다. 그 순간 프로시카가 내 어깨를 꽉 움켜잡았다.

"제발, 서두르지 마세요. 당장 내드릴 테니까!"

그리고는 악마 같은 끔찍한 짓을 저질렀다! 바로 얼마 전에 산, 하얀 테를 두른 내 모자를 건네받자 거기서 학교 기장을 잡아 뜯었다. 그리고 기장 없는 빈 모자를 내게 내밀었다. 절망에 빠진 나는 모욕당한 모자를 쓰고 거리로 뛰쳐나갔다. 그 순간에도 내 입에서는 저절로 시베리아의 큰 강들이 반복해서 흘러나왔다.

"하탄가, 앙가라, 인디기르카, 레나, 아나드리, 콜리마……."

싸움과 승리

내 모자에 붙었던 기장은 두 개의 떡갈나무 잎사귀와 그 사이에 우리 학교를 상징하는 두 개의 글자와 숫자가 들어 있었다. 기장은 '프라제'라는 흰 금속으로 만들어졌기 때문에 우리는 그것을 '은빛 기장'이라고 불렀다.

기장의 값은 30코페이카였다. 하지만 어머니는 그것이 내 모자 위에서 반짝이게 할 수만 있다면, 당신의 삶을 몇 년이든 희생해도 좋다고 생각했다.

어머니는 흰색 떡갈나무 잎사귀 기장이 달린 모자를 쓴 사람은 나중에 훌륭한 변호사나 의사 또는 유명한 교수가 될 거라고 믿었다. 하지만 모자에 이 기장이 없는 사람은 불량배가 되어 추운 밤 항구의 선착장 아래서 헛된 죽음을 맞이할 거라고 생각했다.

물론 의용함대의 수병이나 바시카 페촌킨 같은 대장장이가 되는 것도 나쁘지는 않을 것이다. 하지만 그러기 위해서는 엄청난 힘이 필요했다. 바시카 페촌킨의 팔뚝 근육이 얼마나 엄청난지 보면 알 수 있다! 방금 전 나는 카나트나야와 바자르나야 거리가 만나는 모퉁이에 위치한 페촌킨의 대장간에 다가가서, 큼직한 편자와 작고 붉은 두 개의 말 다리 그림이 서툴게 그려진 녹슨 간판 밑에서 그를 보았다.

검게 탄 페촌킨이 웃통을 벗어던진 채 일하고 있었다. 그의 몸은 흐르는 땀으로 번들거렸다. 나는 두 손으로도 들어 올릴 수 없을 것 같은 커다란 망치를 한 손에 들고, 시뻘겋게 단 무쇠 덩이를 쇠집게로 집어서 가벼운 지팡이처럼 돌려가며 그것을 두드렸다. 그가 망치를 내려칠 때마다 새빨간 불티가 분수처럼 솟구쳐 올랐다. 마치 장난을 치는 것 같았다. 힘도 없고 재주도 없는 나는 대장장이로는 전혀 쓸모가 없을 터였다.

내 입술은 되뇌고 있었다.

"하탄가, 앙가라, 인디기르카……."

나는 마크리 네 집과 푸른 나뭇잎으로 가려진 우리 집 구정물통이 있는 곳에 당도했다.

기장이 없는 모자를 쓰고 집에 들어가기가 무서웠다. 하지만 어머니는 집에 없었다. 다행이었다. 어머니와 포마 삼촌은 엘레나 이모의 묘지가 있는 공동묘원에 갔다. 내가 한 번도 본 적 없는 엘레나 이모는 콜레라 때문에 죽었다.

공동묘원은 역과 춤카 강보다 훨씬 먼 곳에 있었다. 두 사람은 밤 10시쯤이나 되어야 돌아올 것이다. 아니 조금 더 늦을지도 몰랐다. 그건 오늘도 어머니는 우리에게 닥친 불행에 대해 알 수 없을 거라는 뜻이었다.

나는 내일 밤 포마 삼촌이 돌아간 후에 모두 말하기로 했다. 아니면 모레, 월요일 아침이 더 나을지도 몰랐다. 모레라면 아직 멀었고, 앞으로 아직 37시간, 아니 38시간이 남았다. 그 38시간 동안에 무슨 일이 일어날지 누가 알겠는가!

물론 나는 그게 어리석은 기쁨이고 헛된 희망이라는 걸 모르지 않았다. 38시간이란 눈 깜짝할 새 지나버리는 순간이라는 것도 잘 알았다. 그래도 집에 마루샤만 있다는 사실만으로 내 기분은 매우 좋아졌다.

생각 없는 기쁨에 사로잡힌 나는, 뜰로 뛰어나가 대문까지 달려가서 밧줄을 타고 '고리세'로 기어 올라갔다. 거기에 쌓인 온갖 잡동사니 가운데는 인디언식으로 '빅밤'이라고 이름 지은 나의 작은 비밀 장소가 있었다.

티모샤 말고는 이 빅밤에 대해 아는 사람은 아무도 없었다. 입구에는 '포틀랜드 시멘트'라고 쓰인 빈 통으로 바리케이드를 쳐놓았다. 우리가 협곡 같은 그곳에 가려면 천장 바로 밑으로 바싹 지나가야만 했다. 그러나 그 안은 아주 깨끗하게 정리돼 있어 안락하고 조용했다.

어머니가 가르쳐준 대로 바닥은 솔과 비누로 깨끗이 청소했고—물통을 들고 그리로 들어가기란 여간 힘든 일이 아니었다!—, 벽에는 콧수염 털보 시모넨코가 내게 선물한 《자명종》 잡지에서 뜯어낸 종이를 붙였고, 바닥에는 작년에 벤 마른 풀을 한 아름 깔아 놓아서 아직도 감국과 쑥과 박하 향내가 풍겼다.

벽에는 내 무기 두 개가 걸려 있었다. 하나는 30걸음이나 떨어진 곳에서도 쏠 수 있는 고무새총이었고, 또 하나는 그림물감으로 진하게 색칠한 쇠로 만든 둥근 방패였다. 그건 포마 삼촌이 만들어주었다.

작년 여름, 나는 이곳 빅밤에서 학교에서 있었던 갖가지 일들을 소재로 한 〈배움의 집 기록〉이란 시를 썼다. 시들은 3코페이카짜리 학원노트에 썼고, 그 노트는 아무에게도 들키지 않도록 천장의 나무들보 뒤에 감춰두었다. 그곳은 아무도 찾아낼 수 없는 곳이었다.

천장까지는 나무통 위에 올라가야만 손에 닿았는데, 그 나무통은 낡고 위태로웠다. 그래도 나는 어떻게든 간신히 그 위로 기어올랐고, 들보 뒤에 또 하나의 물건을 집어넣었다. 바로 프로시카의 손에 모욕적으로 기장을 잡아 뜯긴 불쌍한 내 모자였다.

일단 모자를 감추는 것으로 마음을 놓은 나는 서둘러 집으로 돌아왔다.

마루샤는 소파에 웅크리고 앉아서 도서관에서 빌린 책에 시선을 꽂고 있었다. 제목은 『제비는 무슨 말을 조잘댔는가』였다. 마루샤는 이 책을 거의 열두 번도 넘게 읽는 중이었다.

"냄비에 옥수수죽하고 생선이 있어. 책을 읽어야 하니까 제발 방해하지 말아줘."

'제비'에서 눈을 떼지 않고 누나가 말했다. 건조하고 명확한 목소리였다. 마치 받아쓰기 문제를 불러주는 것 같은 투였다.

마루샤는 언제나 바쁘고 엄격했다. 누나는 나하고 있을 때는 오만한 투로 말했고, 나를 경솔한 게으름뱅이 취급을 했다. 나는 어머니보다 마루샤가 더 무서웠다. 누나는 여학교에서 1등을 놓친 적이 없고, 매달 4루블씩 돈도 벌었다. 세르세네비치 부인의 조카에게 과외공부를 가르치고 있었기 때문이다. 매사에 그토록 진지한 마루샤를 사람들은 누구나 칭찬했고, 나보고는 왜 그런 누나를 닮지 않았냐며 책망했다. 오로지 어머니만은 내게 다정했다. 마루샤도 그걸 알고 있었고, 그게 누나를 더욱 화나게 했다.

나도 마루샤처럼 진지해지려고 노력했지만 잘 되지 않았다. 누나도 몇 번인가 나를 자기방식대로 가르쳐보려고 노력했지만 결국은 포기해 버렸다. 3년 전쯤 어느 날, 느닷없이 누나가 장난꾸러기 같은 목소리로 말했다.

"여행놀이 할래?"

"좋아!"

나는 대답했다. 난파선과 영웅적인 공적이나 모험 같은 것들에 목말라 있었기 때문이다. 누나는 가늘고 긴 종이쪽지 다섯 장을 가져와서 반듯한 글씨체로 '아시아', '아프리카', '유럽', '아메리카', '오스트레일리아'라고 썼다. 그리고 넓은 뜰 여기저기에 그 종이쪽지를 핀으로 찔러 놓았다. 짐꾼들이 식사하는 곳이 아메리카였고, 콧수염 털보 시모넨코의 집 현관은 유럽이 되었다. 마루샤와 나는 기다란 막대기를 들고 아시아에서 아메리카로 나갔다. 아메리카에 이른 순간, 마루샤는 이맛살을 찌푸리고 말했다.

"아메리카의 중요한 강은 무엇 무엇이고, 중요한 산은 무엇 무엇이며, 중요한 주는 어디 어디, 그리고 기후는 어떻고, 식물에는 이런 이런 것들이 있어."

그러고 나서 말했다.

"내가 말한 대로 따라해 봐."

나는 대답 대신 울음을 터뜨리고 말았다. 차라리 누나에게 매를 맞는 게 더 나을 것 같았다. 그 시절 나한테 여행이란 대초원을 헤매느라 고통스러워하고, 황열병에 걸려 죽고, 고대의 보물을 발굴해내고, 피에 굶주린 상어에게서 아름다운 인디언 아가씨를 구하고, 부메랑으로 식인종과 호랑이를 죽이는 일이었다.

그런데 그런 것 대신 갑자기 나를 종이쪽지에서 종이쪽지로 끌고 다니며 수업시간처럼 세워놓고 여러 가지 이름을 수십 가지나 외우게 하다니! 마루샤에게는 진심으로 이 놀이가 교육적으로 유익한 놀이였다. 나는 우리가 유럽에 겨우 닿자마자 울면서 달아나 종일 '빅밤'에 숨어 있었다.

그때부터 마루샤는 내가 생각 없는 게으름뱅이라며 가르치길 포기했고, 나하고 말할 때는 쓸모없는 불쌍한 놈처럼 대했다.

내가 식사와 설거지를 끝내자, 누나는 나를 불러 작은 소리로 말했다.

"내가 너라면 물을 길러 왔을 거야. 왜냐하면 물통 두 개가 완전히 비었거든!"

누나는 '완전히', '관점에서', '지성', '개체'와 같은, 남들은 말할 때 잘 사용하지 않는 '문어체'의 말들을 좋아했다.

"알았어!"

나는 웃으며 대답하면서도 내가 어떻게 불행한 일이 전혀 없었던 것처럼 웃을 수 있는지 정말로 의아했다.

나는 녹색 물통을 들고 큰길로 뛰어나갔다.

수도는 멀리 페트로코키노의 집 뒤뜰에 있었다. 그 뜰엔 언제나 소들이 매여 있고, 짐꾼들이 모여 있으며, 짐마차들이 있었다. 이 짐마차는 특히 길고 무척이나 무겁게 만들어졌기 때문에 소가 두 마리나 끌어야 했다. 아침 일찍, 채 날이 밝기도 전에 20~30대의 짐마차가 천천히 항구로 이어졌다. 기선에 실려 온 짐을 부리기 위해서였다.

짐꾼들이 소 옆을 걸어갔다. 색이 바래고 찢어진 셔츠를 입었지만, 모두 단단하게 균형이 잡힌 사내들이었다. 사정없이 내리쬐는 햇빛을 받으며 그들은 하루 종일 씨 없는 건포도나 바닐라, 송진, 초록색 커피콩, 빨간 고추, 말린 무화과, 올리브, 편도 따위를 담은 부대를 짊어지고 부두 위를 질주했다. 그들은 이 화물들의 냄새를 통해 터키와 그리스, 소아시아나 아프리카를 자유로이 넘나들었다.

비록 '꼽추'라고 놀리기는 했지만 짐꾼들은 나를 무척 좋아했다. 때로는 내게 해바라기 씨나 땅콩 따위를 한 움큼씩 집어 주곤 했다.

마침 그날은 짐꾼들이 보이지 않았다. 토요일이어서 목욕탕에 갔을 터였다. 나는 잠시 뒤 물이 철철 넘치는 물통을 들고 다시 리브나야 거리를 걸었다.

바그네르 네 건물 옆에 이르렀을 때, 나는 위험하다는 걸 알면서도 멈춰서 물통을 보도에 내려놓고 한숨 돌렸다. 바그네르 네 뜰은 나의 적들이 사는 특별 구역이었기 때문에 나는 그곳만은 절대로 들어가지 않았다. 들어가는 날에는 적들이 눈을 파내고, 혀를 뽑고, 귀를 잘라 낼 거라고 굳게 믿었다.

그 구역에는 아주 오래전부터 우리 구역에 사는 애들에게 싸움을 걸어오는 악동들이 잔뜩 살았다. 그들의 두목은 대장장이이며 양철공인 페촌킨이었다. 그래서 우리는 녀석들을 '페촌킨 패거리'라고 불렀다.

우리 중 누군가 물통을 들고 페촌킨 패거리 옆을 지나가면, 그들은 그 틈을 놓치지 않고 달려들어 물통에 침을 뱉거나 흙을 던져 넣으려고 기를 썼다.

마크리 네 뜰에 사는 우리도—그들은 우리를 '마크류히'라고 불렀다— 그들이 지나는 길을 막고 가능한 한 못된 짓을 시도했다. 마크리 씨의 막내아들 키리아크 마크리에게는 고무새총이 있었다. 하루는 그가, 우리 구역을 지나가던 페촌킨 패거리

중 하나가 우리에게 혀를 내밀거나 눈을 흘길 때를 노렸다가 새총으로 쏘아버렸다.

나는 페촌킨 패거리를 지독하게 미워했다. 만일 그때 누군가 그들이 마크리 네 뜰에 사는 우리와 똑같은 사람이라고 했어도 믿지 않았을 정도였다.

나는 특히 피차스를 싫어했는데, 열네 살쯤 된 그는 머리가 오이처럼 좁고 길쭉한 애였다. 바로 그 녀석이 대문 옆 움푹 들어간 벽 뒤에 숨어서 불룩한 배를 쑥 내밀고 나를 기다렸다.

나는 다섯 걸음쯤 떨어진 곳에 멈춰 섰다. 그리고 나를 도와줄 사람이 지나가기를 기다렸다. 하지만 아무도 지나가는 사람이 없었다. 나는 반대편 군부대 쪽으로 자리를 옮겼다. 병영 창문 너머로 한 장교가 쇠말뚝처럼 무심하게 나를 바라보았다. 나는 있는 힘을 다해 뛰기 시작했다. 그러나 물이 출렁거리며 쏟아지는 바람에 발놀림이 둔해졌다. 피차스는 손에 바짝 마른 둥글고 새까만 쇠똥을 쥐고 있었다.

녀석은 살빛이 붉은 인디언처럼 괴성을 지르면서 큰길을 가로질러 나를 향해 달려왔다.

"오빠~빠!"

나는 군부대 정문 쪽으로 달아났다. 물은 한층 더 세차게 출렁거리며 쏟아졌다. 나는 담벼락 옆에 물통을 내려놓았다. 피차스가 한 번 더 '오빠~빠(승리했을 때 내지르는 함성)'를 외치더니 멀리뛰기로 덤벼들어 머리로 내 배를 들이받았다. 나는 담벼락 쪽에 나가떨어져서 녀석이 물통 속에 침을 두 번 뱉고 손에 든 마른 쇠똥을 던져 넣는 걸 절망적으로 쳐다보았다. 마치 말 침처럼 허연 침이었다. 나는 고함을 치며 덤벼들어 손톱으로 놈의 얼굴을 할퀴려고 했지만, 놈은 또다시 나를 그 담벼락에 내동댕이치고 승리의 고함을 질렀다.

"오빠—빠!"

창가에서 장교가 무심한 얼굴로 우리를 바라보고 있었다.

그때 돌연 나를 도와줄 힘센 동맹자가 나타났다. 그는 군부대에서 뛰쳐나오자마자 기관차처럼 적에게 돌진했다. 바로 병영에서 기르는 숫염소 필리몬이었다. 필리몬은 술고래였고, 거칠기로도 유명했다.

물론 필리몬은 얌전하게 있는 사람에게는 절대로 덤벼들거나 해치지 않았다. 그렇지만 누구든 조금만 싸울 기미를 보이면 그 자리에서 호랑이로 변했고, 그대로 싸움질하는 사람 중 하나에게 날아가 맹렬한 힘으로 그의 오금을 받아버렸다—뿔이 아니라 이마로—. 느닷없이 당하기 때문에 필리몬의 공격은 백발백중이었다. 아무도 피하지 못하고 꼼짝없이 그 자리에 쓰러졌다.

필리몬이 술에 취하는 날은 꼭 휴일이었다. 짐꾼들이 군부대를 지나 술집으로 가는 낌새를 알아채면 필리몬은 그들 뒤를 따라갔다. 아무리 몽둥이로 쫓아내도 꼼짝하지 않았다. 짐꾼들은 기꺼이 필리몬에게 보드카를 먹였다. 때로는 보드카를 빵에 적셔서 먹이기도 했다. 필리몬은 게걸스럽게 받아 삼켰다.

병영으로 돌아가는 필리몬의 모습은 짐꾼들과 조금도 다르지 않았다. 이쪽저쪽으로 비틀거리며 기둥이나 가로등에 부딪치기도 하고, 머리를 땅에 닿도록 수그리고 턱수염으로 길바닥을 쓸면서 걸어갔다. 이웃집 개구쟁이들이 수염을 잡아당기고 뿔을 잡아 흔들며 밀어젖혀도 필리몬은 방어하지 않았고, 그저 새끼 양처럼 얌전하게 그들이 하는 대로 몸을 내맡겼다. 그러다 마침내 군부대에 도착하면 연대의 군마 체레미스의 발치에 웅크리고 잠이 들었다.

다행히 그날 필리몬은 술에 취하지 않았고, 덕분에 여느 때의 거친 염소로 돌아와 무자비한 공격에 가했다. 그리고는 무참히 돌바닥에 나가떨어진 피차스 위에 버티고 서서 멜레티 신부처럼 턱수염을 흔들며 사악하게 웃었다.

"음-메-헤헤헤!"

피차스가 일어나려고 버둥거리자 필리몬은 또다시 오금을 들이받았고, 피차스는 또다시 돌바닥에 길게 뻗었다.

나는 행복했다. 너무너무 기뻐서 주위를 껑충껑충 뛰며 돌아치다가 물통을 들어올려 "오빠-빠아!"를 외치며 쓰러져 있는 피차스의 머리에 쇠똥 담긴 물을 들이부었다.

피차스는 푸푸거리며 머리를 격하게 흔들어댔고, 다리를 버둥거리며 헉헉거렸다. 그는 물을 흠뻑 뒤집어쓴 채 시뻘건 얼굴로 승자가 된 나를 분해서 노려보았다. 그러면서도 한 번 더 일어서려고 했다. 나는 재빨리 녀석의 멍청하고 길쭉한 머리통에 빈 물통을 씌우고 힘껏 두드리며 소리쳤다.

"오빠~빠! 오빠~빠! 오빠~빠!"

피차스는 온 거리가 떠나가도록 울부짖기 시작했다.

"너 무슨 짓을 하는 게야? 나쁜 놈! 울 애기 가만 두지 못해!"

창문에서 그의 어머니가 내다보며 소리쳤다. 나는 그녀에게 혓바닥을 내밀고 싶은 충동을 겨우 참고 물통을 집어 들고 달아났다.

나는 승리감으로 가득 차 있었다. 그날 밤 나는 어머니가 돌아오기를 기다리지 않고 내 접이식 침대에 누웠다. 부끄럽지만, 잠들기 전 내 머릿속에는 그날 학교에서 겪은 불행한 사건이 아니라 피차스에게 거둔 승리뿐이었다. 나는 이 위대한 승리를 우리 이웃 아이들 앞에서 자랑해야겠다고 생각했다. 그리고 내일, 일요일 전투에서 우리 마크류히를 침략할 위협적인 페촌킨 패거리와 그들의 두목 바시카 페촌킨을 잡을 방법을 궁리하기 시작했다. 대장장이에게 받은 모욕과 나쁜 짓에 복수하는 것은 우리의 오랜 바람이었다.

그런데 이상하게도 우리는 단지 휴일만 그를 견딜 수 없이 미워했고, 평소에는 카나트냐야와 바자르냐야 거리 모퉁이의 작은 대장간 문턱에 꼼짝하지 않고 서서 그을음으로 얼룩덜룩해진 그의 팔의 모든 동작을 존경과 호기심으로 바라보곤 했다. 그가 말발굽에 편자를 박거나 수레바퀴에 쇠테를 끼울 때의 모습이 특히 흥미로웠다. 그럴 때 우리는 그를 좋아하기까지 했다.

그러나 휴일이 되어 그가 그을음을 깨끗이 씻어내고 머리에 포마드를 바르고 레몬빛 셔츠를 입은 넓은 어깨에 '트빈치크'라는 회색 점퍼를 걸치고서 부하들을 거느리고 문 밖으로 나오는 순간, 그는 우리의 적이 되었다. 가늘게 뜬 좁은 눈, 심술궂은 비웃음, 해적들의 불길한 침묵……, 그는 완전히 딴 사람이었다. 그는 우리 마크류히를 거들떠보지도 않았고, 말도 붙이지 않았다. 그래서 더욱 기분이 나빴다. 페촌킨 패거리들은 그의 충실한 군대였다.

사람들은 그를 백치 취급했다. 멀쩡한 어른인 그가 애들만 끌고 다니며 애들 놀이만 했기 때문이다. 예를 들면, 비오는 날이면 빗물이 고인 웅덩이에서 맨발로 첨벙거리거나 그 웅덩이에서 담뱃갑으로 만든 배를 띄우고 놀았고, 때로는 세르세네비치 부인의 집 뜰에 놓아기르는 칠면조를 약 올리며 놀았기 때문이다.

페촌킨 패거리들은 두목을 위해서라면 물속이나 불속도 가리지 않고 뛰어들었다. 자기네 어머니와 아버지보다 더 좋아했다. 그들 중에 가장 싸움을 잘하는 녀석은 멍청이 이그나시카였는데, 별명이 바로 피차스였다. 왜냐하면 차를 마시거나 저녁을 먹으라고 집에서 부르면, '네'나 '갈게요'라고 대답하는 게 아니라 "피차스!"라고 소리쳤기 때문이다.

바시카 페촌킨이 특히 좋아하는 놀이는 연날리기였다. 이 평화로운 놀이를 그는 전투적인 놀이로 만들었다. 페촌킨의 연이 하늘을 나는 동안은 푸른 하늘을 그가 독차지했다. 그의 연 앞에서 우리의 불쌍한 연들은 하나같이 힘을 못 썼고, 순식간에 독수리 앞의 참새 꼴이 되고 말았다.

페촌킨의 연이 뽐내듯 하늘을 누비고 있을 때 누군가 용감하게도 자신의 초라한 연을 날리려고 한다면, 그 결과는 그야말로 크나큰 참극이 되어 돌아왔다. 페촌킨의 연은 대단히 크고 튼튼했다. 그가 무서운 기세로 가엾은 재물에 달려드는 순간, 높은 하늘에서는 필사적인 전투가 시작되었다. 그러나 결국 가느다란 실에서 떨어진 초라한 연은 넓게 지그재그를 그리며 아래로 떨어지고 만다.

그러면 연의 주인은 살아남은 실을 거두며 공원이나 바닷가 어딘가에 떨어졌을 불쌍한 자기 연을 주워 올 생각도 못하고, 맹렬하게 울부짖으며 집으로 달려가곤 했다.

잠이 들면서 나는 이미 수도 없이 꿈꾸던 것에 대해 생각했다. 만일 그런 크고 튼튼한 연을 료냐 알리게라키와 무냐와 함께 만들어서, 하늘의 적과 맞붙어 싸워 이긴다면 얼마나 좋을까? 영국제 실을 구할 수만 있다면 바시카 페촌킨에게 본때를 보여줄 수 있을 텐데! 나는 그런 희망을 품고 잠이 들었다.

크리스천처럼, 형제처럼

일요일 아침, 나는 슬픔에 잠겨 잠에서 깼다. 피차스에 대한 위대한 승리는 이미 지나버린 재미없는 사건으로 여겨졌다. 대신 어제 학교에서 일어난 불행한 사건은 너무도 확연하고 세세하게 떠올랐다. 나는 침대에서 힘겹게 일어나 세수도 하지 않고 어머니를 피해 멀리 밖으로 나가려고 했다. 초췌해진 내 모습을 보고 어머니가 우리의 재앙을 알아차릴까 봐 두려웠기 때문이다. 우리 집 건물 뜰 밑에는 지하 저장고 있었다. 나는 거기로 들어가는 무거운 문을 들어올렸다.

"어딜 가니?"

마루샤가 책에서 눈을 떼지 않고 물었다.

"고슴도치 보러."

하지만 고슴도치 따위는 전혀 관심이 없었다. 나는 망가진 상자 위에 걸터앉아 앓는 사람처럼 신음하기 시작했다. 이게 무슨 꼴이람! 이 얼마나 무서운 재앙인가! 세상에 나보다 더 불행한 사람은 없을 거였다. 살아 있는 동안 다시는 웃지 못할 것 같았다. 이런 고통을 피할 수만 있다면 당장 관 속에 누워도 좋왔다.

생각이 거기까지 미치자 눈앞에 내 관이 똑똑히 보이는 듯했다. 금빛 술이 달린 하얀 관은 '거실'의 창문 쪽으로 비스듬히 놓여 있고, 둘레에는 꽃다발과 꽃과 공단 리본이 놓여 있었다. 리본에는 멋진 글씨체로 쓰인 문구가 보였다.

'잊지 못할 친구에게, 제5 김나지움 5학년 학생들로부터'

'때 아니게 세상을 떠난 친구에게'

'가장 좋은 친구에게, 리타 바진스카야'

나는 괴로운 표정으로 관 속에 누워 있고, 사람들은 모두 애정 어린 눈빛으로 나를 들여다보았다.

세르세네비치 부인이 마루샤에게 물었다.

"왜 죽었지?"

"내 동생은 자존심이 강했어요. 좋은 애였죠. 우리가 그 애에게 완전히 잘못한 거예요."

이렇게 대답하며 누나는 눈물에 젖은 손수건으로 눈가를 닦았다. 비로소 누나는 내가 정말 좋은 동생이었다는 걸 분명히 깨달은 것 같았다.

맨 뒤에 여섯눈과 프로시카가 마치 도둑처럼 옷깃을 세운 채 고개를 푹 숙이고 서 있었다. 그들의 코는 눈물로 인해 부풀어오르고, 뺨은 찰흙처럼 잿빛이었으며, 머리카락은 흐트러지고 입술은 떨렸다.

티모샤가 더듬거리며 무섭게 소리쳤다.

"저들, 저들의 잘못으로 그가 죽었어요!"

분노에 찬 표정으로 사람들이 그들을 쳐다보았다.

죄지은 표정으로 서 있던 그들은 점점 더 작아져서 힐끗거리며 사람들을 살폈다. 그들의 눈은 나쁜 짓을 하다가 매를 맞게 된 개처럼 겁에 질려 있었다.

"나도, 나도 그의 죽음에 잘못이 있습니다!"

턱수염을 한 묶음이나 뽑아내며 멜레티 신부가 슬픈 얼굴로 말했다.

그런데 내 머리맡에서 흐느끼는 사람은 누구지? 쥬쟈 코젤스키였다! 눈물이 관 위로 방울방울 떨어져 내 창백한 뺨을 흠뻑 적셨다. 그가 훌쩍이며 말했다.

"나를 부추긴 건 발렌틴 튭틴인데, 이 친구에게 죄를 뒤집어씌운 거예요. 신의 가호가 있길……. 정말이지, 이 친구는 아무 죄도 없어요!"

죽은 뒤의 나 자신의 모습에 만족스러워서 나는 차츰 침착해지기 시작했다.

'아직 모든 게 끝난 건 아니야! 쥬쟈와 튭틴에게 가자. 가서, 그들이 지금 부르그메이스테르 교장에게 나를 퇴학시킨 건 잘못이라고, 잘못한 건 자기들이라고 말하게 하자. 부르그메이스테르는 모르고 잘못을 저지른 거다. 그는 나를 우리 학교에서 가장 쓸모없는 놈이라고 여겼지만, 쓸모없는 놈은 쥬자와 튜틴이지 내가 아니다. 그러니 그들을 회계하도록 이끌어내야만 한다……. 그래야 모든 게 잘되는 거다!'

그 순간 내 눈물은 거짓말처럼 말라버렸다.

'정말이야, 그게 좋겠어!'

나는 벌떡 일어나 어둠 속을 걷기 시작했다. 지하실은 어디로 이어진지도 모르는 동굴로 끝이 났다. 동굴 바닥에 흩어져 있는 석탄부스러기들이 발밑에서 어둡게 빛나고 있었다.

부르그메이스테르 교장은 혼을 내야 할 학생이 내가 아니라 튜틴이라는 걸 알게 된다면, 당장 붉은 코 프로시카를 우리 집에 보낼 것이다. 그러면 부끄러운 프로시카는 술을 마시고, 술기운을 빌려 우리를 찾아올 것이다.

"부디 학교로 돌아와 주길 바라네……. 그리고 그 전에 잠깐 모자를 좀 줘보겠나?"

그렇게 내 모자에 새 기장을 달아줄 터였다.

나는 실제로 그런 일이 일어날 것만 같아 기분이 아주 좋아졌다. 나는 바닥에서 석탄부스러기를 집어 동굴을 향해 연달아 집어던졌다. 유리인지 양철인지 뭔가 알 수 없는 물체에 부딪치는 소리가 났다. 뒤쪽 어딘가의 상자에서 고슴도치가 푸푸거렸다.

맞다! 튜틴과 쥬쟈 코젤스키에게 가서 여섯눈에게 사실대로 말하라고 설득해야겠다. 그러면 나는 다시 김나지움 학생이다!

학교의 내 자리로 돌아가 열심히 공부할 테다. 튠틴과 쥬쟈도 동의할 것이다. 정말 그럴 것이다! 그들 때문에 당한 내 불행을 그들도 모른 체하고 싶지는 않을 테니까. 그러면 어머니는 아무것도 몰라도 되고, 두통도 일으키지 않을 것이다. 그러면 예전과 같은 밝은 날들이 다시 시작되는 거다! 어머니에게는 두 달 후 방학을 하면, 그때 이야기하자. 아침식사를 하면서 아무 일도 아니었다는 듯 말하면 된다.

"엄마, 나, 하마터면 학교에서 쫓겨날 뻔했어요. 하지만 지금은 다 바로잡혔어요. 그때는 공연히 걱정하실까 봐 아무 말도 안 드렸어요."

기뻐서 가슴이 뛰었다. 나는 다시 석탄부스러기를 한줌 가득 집어 굴 속으로 던졌다.

잠시 뒤 나는 지하실에서 나와 출입문 쪽으로 뛰어가서 하수구의 철판을 양쪽 발꿈치로 힘껏 밟았다. 철판 소리가 온 뜰에 울려 퍼졌다.

마루샤가 소리쳤다.

"너 어디 가?"

"요 앞에. 금방 올게!"

되도록 빨리 튠틴과 쥬쟈 코젤스키의 집에 가야 했다! 하지만 바그네르 네 집을 지나갈 수 없었다. 페촌킨 패거리가 피차스의 앙갚음을 하려고 벼르고 있을 게 뻔했기 때문이다. 옛 포르트프란코프스키 거리로 좀 돌아가야만 했다. 나는 불 난 곳으로 달려가는 소방관처럼 쏜살같이 뛰어갔다. 튜틴의 집에 조금이라도 빨리 달려가는 게 내가 살아날 수 있는 유일한 길이라고 믿었다.

바닷가 가로수 길에 이르자 그가 사는 집이 보였다. 파란색 페인트칠을 한 3층집이었다. 현관문 위에 병아리처럼 노란색의 새로 쓴 문패가 걸려 있었다.

〈중령의 미망인 아글라야 세묘노브나 튜티나의 집〉

나는 대리석 무늬로 장식된 돌계단을 뛰어 올라가자마자 초인종을 눌렀다.

튜틴은 아직 일어나지 않았다. 잇몸이 부어서 얼굴이 일그러지고 우울해 보였지만, 매우 예쁘게 생긴 하녀가 건방진 태도로 나를 작은 방으로 안내했다. 둥근 구리판이 바닥에 붙은 큼직한 새장 속에서 깃털이 빠진 초라한 앵무새가 깔보듯이 나를 내려다보았다. 활짝 열린 발코니 문 너머로 멀리 바다가 보였다.

초조감을 이기지 못하고 방안을 서성거리는 나를 튜틴들이 에워쌌다. 자전거를 탄 튜틴, 해군복 차림의 튜틴, 태어난 지 다섯 달쯤 된 튜틴, 망아지 등에 올라앉은 튜틴, 어머니와 함께 있는 튜틴, 개를 데리고 있는 튜틴⋯⋯, 튜틴을 묘사한 20여 장의 사진이었다.

'이 많은 튜틴들은 다 어디로 갔나!'

그때 키가 자그마한 여자가 금색실로 공작을 수놓은, 실크로 만든 실내가운을 입고 들어왔다. 그녀의 얼굴엔 눈썹은 없고,

온통 사마귀투성이였다.

그녀는 학교에서도 아들에 대한 무한 애정으로 소문이 자자한 튜틴의 어머니였다. 언제나 아들을 학교까지 바래다주고 헤어질 때에는 성호를 긋고 뽀뽀를 해서 튜틴은 지나가던 아이들의 웃음거리가 되곤 했다. 그러면 그는 화가 나서 어머니에게 투덜대고는 얼른 안으로 뛰어 들어갔다. 튜틴은 자기 어머니가 그렇게 작고 뚱뚱하다는 걸, 사마귀투성이라는 걸, 자기를 '아가'나 '아기 태양'이라고 부르는 걸 몹시 창피해 했다.

그녀는 만나는 사람마다 말했다.

"우리 아이는 몸이 약해서 부서질 것 같아요!"

그러나 어머니의 생각만큼 튜틴은 여린 아이가 아니었다. 비록 언제나 졸린 듯한 표정에 우둔하고 불손한 아이이긴 했지만, 매우 튼튼했다.

그녀는 '발렌틴'이라는 아들의 이름을 프랑스식으로 '발랑땅'이라고 특별한 목소리로 발음했다.

"발랑땅은 아직 잔단다. 나는 깨우지 않기로 했어. 일요일만큼은 실컷 자게 해줘야지. 우리 아이는 신경이 너무나 예민하거든."

그녀는 그 말을 말도 안 되는 프랑스어처럼 발음했는데, 그 목소리에는 자랑스러움이 넘쳐났다.

나는 찾아온 까닭을 얘기하려고 했지만, 그녀는 벽에 걸린 사진 옆으로 다가가서 박물관 안내원처럼 한 장, 한 장 자세하게 설명하기 시작했다.

"이 발랑땅은 크리미아의 아이토도르에서 찍은 거야. 머리 위의 나무는 그 애가 좋아하는 측백나무란다. 이것 좀 보렴. 어떠니, 옆얼굴이 정말 말쑥하잖니? 이건 발가벗고 목욕하는 건데, 태어난 지 11개월이 됐을 때였지. 이건 카프니스트 백작 댁의 크리스마스 파티에 초대받았을 때의 사진이고…… 그리고 이분은 내 남편, 발랑땅의 아버지인데, 리가에서 경찰부장으로 지내실 때였지. 투르게네프(1818~1883, 러시아 유명작가)를 꼭 닮았어, 그렇잖니?"

나는 단 1초라도 튜티나 부인이 입을 다물면, 무엇 때문에 찾아왔는지 말하려고 입을 굳게 닫고 기다렸다. 그러나 그녀는 그런 기회조차 주지 않고 이렇게 물었다.

"너희 아버지도…… 역시…… 군인이시니?"

나는 얼굴이 빨개지면서 대답했다.

"아뇨. 아버진 안 계세요."

"아버지가 안 계시다니, 그게 무슨 뜻이니?"

나는 어떻게 해야 좋을지 몰라 입을 다물어버리고 말았다. 매번, 누군가 아버지에 대해 물을 때마다 나는 부끄러워 견딜 수 없었다.

"너희 아버지는 어디 계시지? 돌아가셨니?"

"아니요, 살아 계세요……. 다만 어머니가…… 나한테만…… 나는 아버지를 한 번도 본 적이 없어요."

113

그녀는 하얗게 분을 바른 이마를 찡그렸고, 상냥하던 눈빛 또한 사라졌다.

"한 번도 본 적이 없다니, 그게 무슨 뜻이니?"

나는 난처해서 탁자 위에 놓인 무거운 무쇠 재떨이를 집어 들고 만지작거렸다.

"아하, 그랬었구나!"

튜티나 부인은 이제야 알겠다는 투로 말하며, 무쇠 재떨이를 내게서 빼앗아 탁자 위에 소리 나게 놓았다.

"그런데, 우리 발랑땅한테는 무슨 볼일인 거지?"

나는 치밀어 오르는 분노를 느끼며 말했다.

"저어…… 여섯…… 그러니까, 나는 우리 학교 부르그메이스 테르 교장선생님에게…… 어제 퇴학을 당했어요. 내가 쥬쟈 코 젤스키를 부추겨서…… 아주머니는 그 애를 모르실 거예 요…… 점수를 조작하게 만들고, 성적표를 감추게 했다는 게 이유예요. 하지만 나는 그런 짓은 절대로 하지 않았어요. 그를 부추긴 건 바로 튜틴…… 아주머니의 아들…… 발렌틴이에 요…… 내가 바라는 건, 발렌틴이 내일 여섯눈에게…… 그러니 까, 부르그메이스테르 선생님께 내가 퇴학당하는 건 잘못된 거 라고 말해 달라는 거예요…….."

튜티나 부인은 마치 살모사에게라도 물린 것처럼 펄쩍 뛰었 다. 그리고는 숨 가쁘게 불러댔다.

"발랑땅! ……발랑땅! 발랑땅!"

내가 한 모든 말 중에서 그녀가 알아들은 건, 단지 내가 그녀의 '발랑땅'에게 뭔가 재앙이 될 만한 일을 가지고 왔다는 사실뿐이었다.

이제 막 잠에서 깬 모습으로 튠틴이 문에 나타났다. 그의 얼굴은 한없이 지루한 표정이었다.

나는 그에게 말했다.

"튠틴! 튠틴! 네 어머니는 모르시잖아, 어머니께 말씀드려……. 네가 부르그메이스테르 선생님과 다른 사람들에게도 말해 줘. 정말 내가 너 때문에…… 그건 정말 네가…… 내가 한 게 아니라, 네가 한 거잖아……. 발렌틴 튠틴……, 그러니까 만일 네가 말해 주지 않으면……."

나는 눈물을 닦는다는 게 되려 석탄가루를 얼굴에 묻히는 꼴이 되는지도 모르고 연신 흘러내리는 눈물을 손으로 닦아냈다. 그는 내 뺨이 석탄가루로 더러워지는 꼴을 태연하게 보고 있더니, 뭔지 알아들을 수 없는 말을 웅얼거리고는 어슬렁어슬렁 옆방으로 가버렸다. 그의 어머니도 뒤따라갔다. 옆방에서 흥분을 억누른 그녀의 목소리가 들려왔다.

마침내 두 사람이 돌아왔다. 그토록 다정하고 선량한 두 사람의 표정이라니! 튠티나 부인은 생글거리며 내 곁에 다가와 웃옷 소매를 쓰다듬으며 말했다.

"자아, 그만해……. 울지 마, 제발 울지 마…… 그럴 필요 없어……. 잘될 거야, 틀림없이 다 잘될 거야! 기다려보자……."

나는 그녀를 쳐다보았다. 또다시 희망이 되살아났다.

"오, 발랑땅은…… 너는 발랑땅을 몰라……. 저 애는…… 뭐랄까…… 아주 동정심이 많은 아이란다……. 그래서 우린 결심했어…… 크리스천처럼, 형제처럼 사이좋게……."

그러면서 내 주먹을 펼치더니 느닷없이 꽁꽁 뭉친 지폐다발을 쥐어주었다. 맙소사! 상냥함이 그녀의 모든 사마귀들을 따라 퍼져 나갔다.

나는 깜짝 놀라서 돈뭉치를 바라보았다. 5루블짜리 지폐가 7~8장은 되는 것 같았다.

발렌틴은 내 은인이라도 되는 것처럼 으스댔다.

"받아, 받아둬. 쓸모가 있을 거야!"

"쓸모가 있다니? 뭐에 쓰는 건데?"

달콤한 목소리로 튠티나 부인이 부드럽게 말했다.

"새 생활이 시작되잖니, 이젠 학교를 그만두었으니까……."

"무슨 말이에요, 학교를 그만두다니요! 만일 튠틴이, 만일 발렌틴이…… 만일 쟤가…… 내 친구라면……."

튠티나 부인이 환하게 웃으며 말했다.

"친구라고? 미안하지만 얘야, 어떻게 네가 나의 발랑땅과 친구란 말이니? 얘는 장래 대영제국의 대사가 될 거야……. 너도 보다시피 우리 발랑탕은 그럴 가능성이 있어! 그런데 너희 어머니는…… 지금 발랑땅이 그러는데, 세르세네비치 부인의 속옷을 빨아주고 있다며……."

그 말에 폭발해 버린 나는 그녀가 놀라 반대편 벽까지 나가 떨어지도록 대리석 탁자를 발로 걷어차 뒤엎고, 졸린 표정의 튜틴의 낯짝을 후려갈기려고 했다.

발렌틴은 따귀 맞을 걸 대비하고 자기의 '말쑥한 옆얼굴'을 두 손으로 가렸다. 그때 튜티나 부인이 자기의 소중한 발랑땅을 지키기 위해 나에게 달려들었다. 하지만 나는 두 사람을 밀어제치고, 5루블짜리 지폐뭉치를 앵무새 새장에 집어던졌다. 그리고는 방을 뛰쳐나가면서 끊임없이 반복해 소리쳤다.

"메주낯짝! 메주낯짝! 메주낯짝, 똥-돼지 메주낯짝!"

집에서 집으로

"아직 늦지 않았어. 이번에는 코젤스키의 집이다!"

나는 스스로에게 말했다. 하지만 방금 전까지의 혈기는 다 어디론가 사라져버리고 말았다! 나는 고개를 떨어뜨리고 다리를 끌면서 희망 없이 브론초프스키 공원 쪽으로 터덜터덜 걸어갔다.

코젤스키는 자기네 레스토랑에서 엎어지면 코 닿을 곳에 살았다. 창문은 정원 쪽으로 나 있었다. 그늘이 많고 조용하며 포석이 깔린 오래된 정원이었다. 정원에는 포플러나무가 심어져 있었고, 발가벗은 소년과 백조의 조각상이 장식된 분수도 있었다. 창문 앞에는 크지 않은 월계수 덤불로 울타리가 둘러쳐 있었는데, 그 덤불 가운데 사람들이 떼 지어서 마치 결혼식이라도 구경하는 것처럼 집 안을 들여다보고 있었다.

나는 창문으로 다가갔다. 맨 먼저 보인 건 크게 부릅뜬 핏발선 눈이었다. 권총 구멍과도 같은 무시무시한 두 개의 눈은, 벽에서 비스듬히 밀려난 큼직한 소파 뒤에 웅크리고 있는 쥬쟈 코젤스키에게 가 있었다. 쥬쟈의 얼굴은 보이지 않았지만, 공포의 빛은 그의 뒤통수에도 잘 나타났다. 두 눈의 임자는 쥬쟈의 아버지 시기즈문드 코젤스키였다. 그는 대머리에 얼굴이 붉었으며, 살이 쪄서 마치 목이 없는 것처럼 보이는 땅달보였다.

방의 가구는 지진이라도 난 듯 모두 한쪽으로 밀려 있었고, 장식품들은 아무렇게나 나뒹굴었다. 언뜻 보기에는 아버지와 아들이 무슨 놀이라도 하는 것처럼 보였다. 아버지가 아들의 뒤를 쫓아 뛰어가면 아들은 책상이나 칸막이, 의자를 늘어놓으며 달아났다. 만약 아버지의 얼굴이 분에 못 이겨 시뻘겋지 않고, 아들이 두려움에 떨지 않는다면, 먼 데서 보기에는 무슨 서커스 연습이라도 하는 것처럼 보일 것이다.

이제 두 사람을 가로막는 건 소파뿐이었다. 아버지가 오른쪽으로 한두 걸음 소파 뒤로 돌아가려 하자, 아들은 조심스럽게 아버지의 눈치를 살피며 살금살금 왼쪽으로 돌아갔다. 아버지가 왼쪽으로 달려가면 아들은 오른쪽으로 달아났다. 심오한 이 무언극이 스무 번쯤 되풀이되었다.

"돼먹지 못한 놈! 지 아버지를 우습게 알아도 유분수지, 저게 무슨 꼴이람!"

구경꾼들이 쥬쟈를 욕하며 분개했다.

갑자기 아버지가 온몸으로 소파를 밀었다. 소파가 쥬쟈를 향해 곧장 다가가 그를 방구석으로 몰아넣었다. 쥬쟈는 뒷걸음질치다가 함정에 빠졌다. 그는 소파 밑으로 기어 들어가려고 했지만 아버지에게 바짓가랑이를 잡혔고, 누더기 인형처럼 방 한

가운데로 끌려나오고 말았다. 나는 깜짝 놀라 눈을 질끈 감았다. 구경꾼들은 한층 더 창문으로 바짝 다가갔다.

나는 대문을 향해 뛰었다. 대문 곁 토담에 수염이 허연 문지기가 앉아서 커다란 고양이를 쓰다듬고 있었다. 고양이는 문지기 무릎에 안겨서 목을 가르릉거렸다.

나는 매우 소심해서 문지기와 말하는 걸 두려워했다. 문지기, 집배원, 경비원, 순경은 물론, 철도의 차장조차 높은 사람처럼 여겨져서 아무리 해도 편해지지가 않았다. 그러나 고양이를 쓰다듬는 이 문지기는 무척이나 다정해 보였다. 나는 그에게 빨리 경찰을 데려와 달라고 부탁했다. 그가 부드러운 목소리로 말했다.

"이건 경찰이 출두할 문제가 아니라네. 아버지가 자식에게 매를 드는 건 자식을 위한 도린데, 여기 경찰이 무슨 소용이 있나? 저 양반은 진짜 아버진 게야."

노인의 눈은 말할 수 없이 평화로웠다. 고양이도 그의 손 밑에서 기분 좋게 가르릉거렸다.

나는 천천히 대성당 광장으로 걸어갔다. 쥬쟈가 가엾었지만, 그보다 내가 더 불쌍했다. 이제는 모든 게 끝난 거나 다름없었다. 내일 쥬쟈가 교장에게 가서 튬틴이 한 일에 대해 사실대로 말할 가능성은 전혀 없었다. 죽을 지경으로 겁을 먹은 그를 믿어봐야 소용없었다. 그는 적어도 3일 동안은 울며 개처럼 떨 것이다.

이제 나는 무얼 해야 할까? 어디로 가야 할까? 누구와 의논하면 될까? 어머니가 가엾었다! 공작이 수놓인 실크 가운을 걸친 튜티나 부인은…… 꼴불견인 그 사마귀쟁이는 어머니와 달라도 너무 달랐다!

성당 시계가 1시 45분을 가리켰다. 이제 17시간밖에 남지 않았다는 뜻이다. 그동안 뭘 해야만 할까?

불현듯 티모샤의 흥분한 표정이 떠올랐다. 그는 어제 프로호르 예브게니치가 히죽거리며 내 모자에서 기장을 잡아 뜯었을 때, 증오에 차서 그를 노려보았다! 티모샤와 나는 1학년 때부터 줄곧 둘도 없는 친구였다. 그는 내가 칠판 앞에 불려 나갈 때마다 불안해서 하얗게 질렸고, 만일 내가 대답을 잘해서 칭찬을 듣게 되면 조용한 기쁨으로 얼굴이 환하게 빛나곤 했다.

티모샤를 잊고 있었다니! 무엇보다 먼저 티모샤에게 갔어야만 했다. 그 다음에 쥬샤와 튜틴에게 가야 했다. 티모샤가 나를 도울 힘이 없을지라도 나와 함께 내 슬픔을 나누었을 테고, 그러면 내 마음은 좀 더 가벼워졌을 것이다. 틀림없이!

어제 학교에서 그가 내게 무슨 말인가 했지만, 나는 그의 말을 이해하지 못했다. 어쩌면 집으로 오라는 말이 아니었을까?

나는 문득 멜레티 신부와 티모샤의 아버지가 같은 아르한겔스크 출신의 북부사람이라는 사실을 떠올렸다. 만일 티모샤의 아버지가 멜레티 신부에게 나에 관해서 잘 말해 준다면, 멜레티 신부가 나를 다시 학교로 돌아갈 수 있게 도와줄지도 몰랐다.

티모샤의 집은 세관 건물의 바로 옆 바닷가에 있었다. 그에게 가려면 큰길을 따라 한참을 걸어가야 했다. 하지만 다른 길도 있었다. 비록 잡초가 우거지고 진흙이 섞인 비탈길이었지만, 그 길이 더 빨랐다. 나는 공원을 가로질러 비탈길까지 간 다음, 거기서부터 세관 건물까지는 거의 구르듯 미끄러져 내려갔다.

분명히 잠깐 비가 내렸지만 나는 알아차리지 못했다. 바다는 거칠어졌고, 바닷바람이 세차게 윙윙거리며 불어왔다.

티모샤 네 집은, 집이라기보다 기선과 더 흡사했다. 높은 '고물'을 갖춘, 좁고 긴 이 건물은 동체를 바다 쪽으로 쑥 내밀고 있어서 이제라도 곧 항해를 떠날 것처럼 보였다. 동체를 둘러싼 넓은 발코니의 갑판도 있었다. 그 위에선 언제나 갈매기가 날았고, 눈에 띄지 않는 깃발이 나부꼈다. 지금은 파도와 바람 때문에 집이 흔들리고 있었다.

문은 잠겨 있지 않았다. 나는 선박의 트랩을 닮은 층계를 따라 부엌으로 내려갔다. 여느 때 같으면, 꼬불거리는 곱슬머리에 이제 막 식초라도 한 컵 들이킨 듯한 표정을 한 티모샤의 고모가 부엌에서 일하고 있을 터였다.

그런데 오늘은 시끄러운 웃음소리가 나를 맞았다. 전혀 뜻밖이었다! 툐카 크린지나와 티모샤의 여동생 '아롱다롱' 리자였다. 리자는 곱슬머리 금발인데, 이마 부분의 머리카락만은 짙은 밤색의 직모여서 '아롱다롱'이라는 별명을 얻었다.

그들은 하얀 슬리퍼를 손에 들고 칫솔로 문질러 닦고 있었

다. 탁자에는 램프가 켜져 있고, 거기에 머리를 고불거리게 만
들 고대기가 꽂혀 있었다. 벌써 고대기를 사용한 모양인지, 부
엌에는 머리카락 탄내가 진동을 했다. 여자애들은 서둘러 램프
의 불을 끄고, 비명을 지르며 고대기를 어딘가에 감추었다.

내가 물었다.

"티모샤 있어?"

"없어."

숱 많은 머리를 반듯하게 묶기 위해 필요한 핀들을 입에 문
채 리자가 이빨 사이로 대답했다.

알고 보니 그들은, 아버지와 고모가 어딘가 외출한 틈을 타
고모의 방에서 볼터치와 립스틱 같은 화장품과 머리를 지질 고
대기를 가져다가 아침부터 화장을 하고 머리를 지지며 놀고 있
었다. 그러다 정도가 너무 지나쳐서 뺨은 술에 취한 듯 새빨개
졌고, 머리카락은 죄다 뽀글거렸다.

그래도 이 '가장무도회'는 그들에게 커다란 기쁨을 주었다.
그들은 쉼 없이 속닥거리며 웃음을 터트렸고, 즐거운 비명을
질러댔다. 나는 항상 그녀들이 끊임없이 소곤대며 무엇 때문에
웃음을 터트리는지 몹시 궁금했다. 하지만 지금은 내가 짊어진
슬픔의 무게 때문에 어떻게 이들이 이토록 즐거워하고 기뻐하
는지 이해하기조차 힘들었다.

"티모샤는 어디 갔어?"

"몰라! 핀티-몬티한테 갔을걸?"

리자는 태연하게 대답했다. 그러더니 나를 보고 또다시 깔깔
거렸다.

"어디서 그렇게 옷을 더럽혔대? 누가 그러자고 꼬드겼어?"

그 말을 듣고서야 나는 비로소 재킷과 바지가 온통 진흙투성
이라는 걸 깨달았다.

"나 이대로 밖에 나갈 수 없겠지?"

리자는 웃으며 고모의 방에 놓인 거울 앞으로 나를 데려갔
다.

"자, 봐, 이 꼴이 다 뭐래!"

나는 진흙으로 온통 더럽혀진 재킷을 절망적으로 바라보았
다.

나는 힘없이 되풀이했다.

"정말 이대로 밖에 나갈 수 없겠지?"

여자애들은 나를 다시 부엌으로 데리고 가서, 뻣뻣한 두 개
의 젖은 솔로 무장한 네 개의 손으로 내 옷의 흙을 털어내기 시
작했다.

그들이 나를 털고 닦느라 괴롭히는 동안, 나는 어떻게 티모
샤를 볼까에 대해 집요하게 고민했다. 물론 나는 그가 나를 위
해 핀티-몬티를 찾아갔다는 걸 알고 있었다. 나에 대해, 내가 겪
는 불행한 일에 대해, 나한테 어떻게 하면 좋을지에 대해, 선생
님과 상담하기 위해 갔다는 걸 나는 잘 알았다. 그런데 왜 아직
까지 돌아오지 않는 걸까?

갑자기 위에서 벨이 울렸다.

"아, 오빠다!"

리자는 소리치는 동시에 고모의 치마를 벗느라 서두르며 계단을 날아 올라갔다.

그녀는 장난기가 많고 쾌활했다. 배를 젓는데 탁월했고, 어떤 날씨에도 상관없이 수영을 했으며, 바다에서 누구보다 멀리까지 헤엄쳐 갔다.

반면에 료카는 리자보다 훨씬 친절하고 보수적이었으며, 내게는 곧잘 어머니 같은 태도를 보였다.

둘이 있게 되자 그녀가 물었다.

"왜 그렇게 우울해? 그 헝클어진 머린 또 뭐고? 거기 빗 좀 줘봐. 빗어줄게……."

그때 리자가 뛰어 들어오며 곧바로 고모의 화장품꾸러미에서 어떤 작은 유리병을 낚아채며 말했다.

"잠깐! 우리 이거 좀 발라보자!"

하지만 시무룩한 내 기분을 알아채고는 흐릿한 목소리로 말했다.

"오늘 티모샤도 우울했어. 세수도 하지 않고, 차만 마시고는 곧장 뛰어나갔어."

"그럼 지금 벨을 누른 사람은 누구야? 티모샤 아니었어?"

"아니…… 리타였어……."

리타 바진스카야였구나! 그녀를 생각하자 뺨이 화끈 달아오르고 손이 떨리기 시작했다. 나는 불난 곳에서 달아나듯 부엌 문으로 도망쳤다. 뒤에서 여자애들이 까르르 웃었다. 그들은 이미 알고 있었다. 내가 아주 오래전부터 리타를 좋아하고 있다는 사실을…….

그날 어떻게 핀티-몬티 이반 미트로파니치 선생이 살고 있는 작은 집까지 달려갔는지, 나는 지금도 기억하지 못한다.

하지만 거기서도 실망이 나를 기다렸다. 문은 잠겨 있었고, 두 개의 창문에는 덧문이 내려져 있었다. 이제 어찌해야 하나 싶어 주변을 서성거리는데, 마침 류드빅 메이에르가 젖은 아카시아 나무 밑에 앉아 있는 모습이 눈에 띄었다. 그는 언제나처럼 근시의 파란 눈으로 무슨 책인가를 읽고 있었다. 나는 메이에르 앞에 서면 언제나 두려웠다. 그가 지식이 풍부하고 훌륭해 보였기 때문이다.

나는 메이에르가 꽤 긴 분량의 한 단락을 다 읽을 때까지 기다렸다가, 혹시 5학년생인 티모샤 마카로프가 이반 미트로파니치 선생님을 찾아오지 않았는지 물었다. 티모샤 마카로프는 귀가 크다고도 설명했다……. 그러나 메이에르는 여전히 읽고 있는 책에 사로잡혀 내 말이 들리지도 않는 듯했고, 나를 알아채지도 못했다.

더 이상 그에게 물어봤자 소용없을 것 같아서 나는 조용히 그의 곁을 떠났다.

비가 다시 내리기 시작했다.

진심어린 충고

낯선 거리들이 나를 에워쌌다. 나는 어디로 가는지도 모르면서 무작정 걸었다. 그러다 어느 집 문 앞 계단에 앉아 난간에 머리를 기대고 눈을 감았다. 보랏빛 희미한 그림자들이 안개 속을 헤엄쳐 내 앞을 지나갔다. 그림자마다 모두 튜틴이었다. 자전거에 올라탄 튜틴, 망아지 등에 올라앉은 튜틴, 해군복을 입은 튜틴, 태어난 지 5개월 된 튜틴, 털가죽 모자를 쓴 튜틴……. 모두 다 오늘 내가 사진으로 보았던 튜틴이었다. 그런데 갑자기 그들은 사라졌고, 나는 그만 정신을 잃고 말았다.

어렸을 때도 종종 그런 경험을 했다. 어느 날 내 손바닥에 박힌 가시를 바늘로 파내려는 걸 보고, 나는 어머니에게 안긴 채 기절하고 말았다. 또 한 번은 오랫동안 바다에서 헤엄을 치고 난 후 타는 듯한 바닷가에서 네 시간 정도 정신을 잃고 누워 있었는데, 그러는 사이 양동이를 도둑맞았다. 그 뒤로 한동안 나는 그 양동이를 잊지 못했다.

정신이 들었을 때 나는 온갖 새들 가운데 있었다. 새들은 선반에 줄지어 서 있었다. 새끼손가락보다 더 작은 타조, 부리가

127

없는 조그만 학, 머리가 동그란 수리부엉이 같은 것들이었다.

"꼬리를 가진 이 새는…… 뭐지?"

"그건 따오기야. 이집트에서는 신성한 새지."

전혀 들어본 적이 없는, 유난히 기분 좋은 목소리였다. 나는 그 목소리를 듣고 다시 깜빡 잠이 들었다. 내가 잠에서 깼을 때 방에서는 이야기가 오고갔다. 바로 그 목소리가 말했다.

"아버지, 정말 부끄럽지도 않으세요! 이게 다 뭐예요! 벌써 네 개나 가져갔잖아요."

그러자 우물거리며 대답하는 소리가 들렸다.

"에구, 잘못했다! 느이 어머니가 살아 있었다면 뭐라 했겠누? 에구, 에구! 잘못했다! 느이 보기 부끄럽구나!"

나는 눈을 떴다. 콧수염도 턱수염도 없는 노인이 검정 술이 달린 초록빛 모자를 쓰고 앉아 있었다. 그의 코는 길고 뾰족했다. 코끝에 깨끗하고 반짝이는 맑은 물방울이 잠시 매달렸다가 노인의 무릎 위에 톡, 하고 떨어졌다. 그리고 톡…… 톡…… 자꾸만 떨어졌다……. 반짝이는 물방울들을 따라가며 한참을 지켜보는 동안 내 마음은 아주 편안해졌다.

"깨어났구나!"

방금 노인에게 잔소리를 하던 바로 그 목소리였다.

"프란치스카 자매, 준비 안 됐어?"

그때 나는 강낭콩 삶는 냄새를 맡았다. 그건 그 방 분위기와 마찬가지로 포근하고 아늑한 냄새였다. 나는 강낭콩 냄새를 가

슴 가득히 들이마시고 소파에 일어나 앉았다. 거기엔 열 살짜
리 소녀처럼 두 뺨이 아주 발그스름한 작고 가냘픈 할머니 두
분이 있었다. 머리카락은 누가 눈이라도 뿌려놓은 것처럼 새하
얬다.

'여기가 어디지? 내가 어디에 와 있는 거지?'

내가 깨어난 걸 알고, 한 할머니가 김이 모락모락 나는 야채
수프 접시와 껍질이 딱딱하고 회색빛이 도는 흑빵을 내밀었다.
나는 빵과 수프를 깨끗이 비우고 나서, 접시 바닥에 세 마리의
푸들이 저마다 다른 빛깔의 리본을 매달고 앉아 있는 그림을
보았다. 그들 중 한 마리가 사람처럼 윙크까지 하며 생글거렸
다. 나에 대한 무언가 우스꽝스러운 비밀을 알고 있다는 듯이.

아마도 이 방의 거주자들은 모두 무척이나 그림을 좋아하는
모양이었다. 나에게 덮어준 홑이불에조차 별과 나비들이 수놓
아져 있었다. 벽에는 위에서 아래까지 호랑이, 말 탄 기사, 꽃,
닻, 무지개 등으로 수놓은 여러 가지 빛깔의 작은 벽걸이카펫
들이 걸려 있었다. 소파에는 각종 색깔의 쿠션이 크기에 따라
차례로 놓여 있었는데, 저마다 자기 그림을 내보였다. 하나는
장미, 그 다음은 지금 막 접시 밑바닥에서 본 푸들, 또 하나는
수염이 긴 로빈슨 크루소가 우산을 쓰고 있는 그림이었다.

나는 밝고 명랑한 방안을 둘러보았다. 방은 이렇게 말하는
것 같았다.

'세상에 그런 엉터리 불행 따위는 없어요! 부드러운 융단과

129

째깍거리는 시계와 예쁜 그림과 쿠션이 있을 뿐이지요.'

"말비나 자매, 성냥 좀 갖다줘!"

성냥갑은 진청색의 남경비즈로 만든 케이스에 들어 있었다. 프란치스카 할머니가 의자에 올라서서, 천장에 매달린 커다란 램프에 불을 켰다. 그러자 램프의 유리갓등 위에서 중국인들의 실루엣이 춤을 추기 시작했다.

두 할머니 중 한 할머니는 젊은 사람들처럼 몸놀림이 활발하고 빠르며 말도 많았고, 나이가 조금 위인 듯한 다른 할머니는 더 위엄이 있었고 안경을 썼다.

프란체스카와 말비나 할머니는 프랑스의 알자스로렌 출신 ―이건 내가 나중에 알게 되었다―이었다. 그렇지만 어렸을 때부터 줄곧 우리가 사는 도시에서 살았기 때문에, 매우 듣기 좋은 외국인 억양으로 러시아어를 거의 완벽하게 구사했다. 단지 '같다'를 '가트다'라고 발음했다.

"창밖을 보니 거기에 사람이 쓰러져 있는 것 가트지 않겠어? 깜짝 놀라서 프란치스카 자매에게 말했단다. '아이고, 저기 사람이 죽은 것 가트다!'라고 말이야."

그들의 아버지인 리케 노인은 아흔여섯 살로, 옛날에는 댄스 교사였다고 했다. 하지만 벌써 오래전부터 따뜻한 무릎덮개에 싸여서 안락의자에만 앉아 지냈다. 그 무릎덮개에도 커다란 달과 그 앞을 날고 있는 검은 박쥐가 수놓아져 있었다. 노인은 귀도 어둡고 눈도 어두워져 2년 전부터는 코담배에 손도 대지 못했다. 그는 종일토록 한마디도 하지 않았다.

그런 생활 속에서도 여전히 그가 좋아하고 즐기는 건 단 한 가지, 각설탕이었다. 그마저 요즘은 딸들이 조금밖에 주지 않아서 그는 틈만 나면 설탕을 훔쳤다. 노인에게는 그게 하나의 기쁨이기도 했다.

딸들은 노인이 쉽게 훔칠 수 있도록 일부러 설탕그릇을 노인의 손이 닿는 곳에 놓아두었다. 노인이 마치 진짜 도둑처럼 둘레를 두리번거리면서 살그머니 손을 뻗는 것을 보면 우습기 짝이 없었지만, 각설탕을 손에 든 그는 대단히 어려운 도둑질을 끝냈다고 생각하며 꼭 어린아이처럼 기뻐했다.

그는 방금 훔친 각설탕을 입에 쏙 집어넣고 천천히 빨아먹었다. 노인은 그게 훔친 거라서 두 배는 더 맛있어 하는 것 같았다. 딸들이 "아버지, 부끄럽지도 않으세요!"라고 말해 주기라도 하면, 그는 특히 더 만족스러워하곤 했다.

그는 자신을 진짜 교활한 악당이라고 생각했다. 그에게 아첨하면 그는 잘난 체하며 "훙!" 하고 콧방귀를 뀌었다.

아버지의 이런 괴벽들에 대해 내게 이야기해 주는 동안에도 두 할머니는 부지런히 손을 놀리며 일을 했다. 할머니들 앞에 놓인 탁자에는 다양한 재료의 조각들이 수북이 쌓여 있었는데, 할머니들이 그것들에 색실로 민첩하게 수를 놓으면 금세 빨강, 파랑, 초록색 무늬의 테이블보가 만들어졌다.

나는 훨씬 오래전부터 이 소파에 누워 그들의 재빠른 손놀림을 보아왔던 것처럼 느껴졌다. 그들은 여러 학교에서 수예와 음악을 가르치는 것 말고도 털실로 새를 만들어 팔아서 생활한다고 내게 얘기해 주었다. 그러나 실은, 얘기는 프란치스카 할머니 혼자만 했고, 말비나 할머니는 동의하는 뜻으로 눈썹만을 움직였다.

"자, 이것 좀 보렴!"

프란치스카 할머니가 가위와 트럼프를 집어 들고, 트럼프를 넷으로 접어 둥근 빵 모양으로 잘라냈다. 그리고 그것을 밝고 노란색의 털실로 겹겹이 감고는 주위를 가위로 다듬었다. 그러자 금세 알에서 방금 깨어난 병아리가 되었다.

"안타깝게도, 부리를 만들어 붙일 밀랍이 없구나. 저길 봐, 저기도 부리 없는 학이 여러 마리 있지? 밀랍 값이 아주 비싸졌거든!"

프란치스카 할머니가 한숨을 내쉬며 말했다. 말비나 할머니도 한숨을 쉬었다.

"심하게 올랐어! 수보츠키는 질이 아주 나쁜 사람이야……."

수보츠키라면 나도 알고 있었다. 그는 우리와 같은 뜰에 이웃해 살며 크롤 여학교 근처에서 조그만 문구용품점을 하고 있었다. 수보츠키는 검은 방울새처럼 작고 날쌘 사람이었는데, 비위를 맞추느라 노란 풋내기 고객들의 머리를 쓰다듬으며 달콤한 목소리로 '도련님'이라고 불렀다.

"도련님, 이건 리본이 있는 압지랍니다."

그러나 사실은 교활하기로 소문이 난 자였다. 그는 프란치스카와 말비나 할머니 말대로, 이들로부터 수리부엉이, 타조, 병아리, 학 등을 헐값에 사들여서 그걸로 엄청난 이윤을 챙기고 상점에 팔아넘겼다. 할머니들에게 10코페이카밖에 쳐주지 않은 병아리를 마리당 50코페이카에 팔아넘기는 식이었다. 그러면 상점에서는 값을 올려 1루블에 팔았다.

수보츠키의 병아리는 예쁘다고 소문이 났고, 그래서 '수보츠키의 병아리'라고 불리며 유명해졌다. 특히 부활절과 크리스마스 전에는 날개 돋친 듯이 팔려 나갔다.

하지만 새를 만드는 재료비가 너무 비싸서, 병아리 한 마리를 팔아서 할머니들에게 남는 건 고작 2코페이카 정도였다.

"밀랍을 제가 구해다 드릴게요!"

나는 할머니들을 도울 수 있다는 게 기뻐서 말했다.

"포마 삼촌께 말씀드리면 돼요. 그럼 시골에서 가져다주실 거예요. 삼촌은 시골에서 꿀벌을 친다고 했으니까…… 틀림없이 밀랍도 있을 거예요."

나는 할머니들에게 포마 삼촌에 대해 얘기했다. 그 다음엔 어머니에 관해서, 부르그메이스테르 교장에 관해서, 갑자기 불어닥친 나의 불행에 관해서 이야기했다. 그들은 고개를 끄덕이며 내 얘기를 들어주었다. 그러다 말비나 할머니가 돌연 명령조로 말했다.

"너는 당장 돌아가 어머니께 정직하게 모두 말씀드려야 해.

어머니가 슬퍼하실 거라고? 그건 어쩔 수 없는 일이야. 괴로움은 거짓보다 낫다는 말이지. 심지어 거짓보다는 죽음이 낫기도 하지. 집으로 돌아가 어머니께 있는 그대로 다 말해. 그럼 모두 잘될 거라는 걸 알게 될 거야."

나는 혼란스러웠다. 그럼 그들은 대체 왜 설탕을 탐하는 아버지를 속이는 건지 도무지 이해할 수 없었다. 그래서 내가 거기에 대해 입을 떼려고 하자 프란치스카 할머니가 미리 가로막았다.

"아, 아버지 문제는 달라! 우리 아버지는 꼭 두 살짜리 아기처럼 돼버렸으니까."

나는 자리에서 벌떡 일어났다.

"좋아요, 가서 다 말씀드리겠어요."

"프란치스카와 말비나가 안부인사 전하더라고 어머니께 말씀드리렴. 괜찮다면 이것도 가져가고."

프란치스카 할머니가 선반에서 가슴이 빨간 딱따구리를 집어서 그림이 그려진 종이봉투에 넣어 내 손에 쥐어주었다.

나는 프란치스카와 말비나 할머니에게 진심으로 고맙단 인사를 하고, 쏜살같이 집을 향해 달렸다. 그제야 나는 비로소 어머니에게 사실을 숨겼던 그동안이 내게 얼마나 힘든 시간이었는지를 깨달았다.

그런데 왜 내게 딱따구리를 줬을까? 딱따구리가 내게 닥친 불행을 알게 될 어머니에게 기쁨이라도 준다는 말일까?

짧은 휴식

내가 새로운 친구 집에서 쉬는 동안 비는 그쳤다. 하늘이 빨갛게 불타올라 빗물이 고인 웅덩이들이 피로 물든 것 같았다.

나는 어서 빨리 어머니에게 말하고 싶었다. 쥬쟈에 대해, 튠틴에 대해, 기장에 대해, 여섯눈에 대해, 프로시카에 대해, 최근에 일어난 모든 사건들에 대해……. 피차스와 숫염소 필리몬에 대한 얘기까지 다 털어놓고 싶었다. 그런데 집에 마루샤만 있다는 걸 알게 되자, 그만 속이 상해서 울음이 터지려고 했다.

어머니는 부엌에도 지하실에도 없었다. 아침까지만 해도 어머니를 피해서 달아났던 내가, 지금은 눈물에 젖어 차가워진 얼굴을 어머니의 거친 손에 부빌 수만 있다면 세상에 못할 일이 없을 것 같아졌다.

죄지은 모습—마루샤 앞에서는 버릇이 되어버린—으로 어머니가 어디 있냐고 묻는 나를, 누나는 하루 종일 빈둥대며 돌아다니는 사람들을 쳐다보듯 질책하는 시선으로 바라보았다. 그리고는 내가 멍청이처럼 모르는 척하지 못하도록 마루샤가 딱 부러지는 목소리로 말했다.

"오늘 낮에 포마 삼촌이 시골집으로 떠나는 걸 몰랐니? 어머니는 삼촌을 배웅하러 아케르만 관문까지 가셨어."

그러고 보니 나는 확실히 죄인이었다! 포마 삼촌이 우리에게 왔다가 시골로 돌아갈 때는 언제나 어머니와 내가 아케르만 관문까지 배웅을 했었다. 삼촌을 보내고, 어머니와 나는 항상 키다리 리자 네 집에 들렀다.

나를 만나면 키다리 리자는 늘 우크라이나어로 이렇게 말하곤 했다.

"어쩜, 이렇게 쑥쑥 자라누!"

그리곤 구멍가게로 달려가 파리똥으로 더럽혀지고 돌처럼 딱딱한, 박하를 넣은 잿빛 당밀과자를 사다주었다. 나는 집으로 돌아오는 내내 당밀과자를 턱이 아프도록 갉아먹었다.

키다리 리자는 어머니를 생명의 은인으로 여겼다. 아주 오래 전에 도시에서 유태인 학살사건이 일어났을 때, 어머니는 그녀를 우리 집 지하실의 커다란 나무통 속에 넣고 위에 양배추를 덮어 숨겨 주었다. 그 나무통은 여전히 우리 집에 있으며, 아직도 '리자의 통'이라고 불렸다.

그런데 오늘은 나 없이 어머니 혼자 아케르만 관문까지 삼촌을 배웅하러 갔고, 나는 빵과 포도주 냄새가 풍기는 콧수염 난 그의 입술에 작별인사의 뽀뽀도 하지 못했다. 프타시니코프 상점이 가게를 정리할 때 어머니가 숙모와 아이들을 위해 산 선물조차 보지 못했다. 사실 선물들은 매번 거의 같았는데, 사람

수대로 설탕, 차 100그램, '황제의 꽃다발'이라는 글씨가 박힌 종이에 쌓인 끈적거리는 사탕, 그리고 비둘기 색이나 카나리아 색의 사라사 천 등이었다.

나는 가혹하도록 나를 쩔쩔매게 만드는 마루샤 앞에 섰다.

"누나, 이것 봐."

나는 누나에게 그림이 그려진 종이봉투를 내보이며 거기서 프란치스카 할머니에게 선물로 받은 털실 딱따구리를 꺼냈다. 그제야 나는 그 딱따구리가 아주 예쁘다는 걸 알았다. 껍질과 가지가 달린 나무줄기는 벽돌색 점토로 빚었고, 딱따구리는 두 발로 나무줄기에 달라붙어 머리를 뒤로 젖히고, 가장 좋은 밀랍으로 만들어진 부리로 구멍을 뚫고 있었다.

"나한테…… 어머니께 드리라고…… 선물로……."

하지만 마루샤는 딱따구리가 마치 자기와 어머니와 포마 삼촌에게 잘못을 저지르기도 한 것처럼 적대적인 눈빛으로 바라보았다.

나는 부엌으로 들어갔다. 몹시 추웠다. 아마 감기가 든 모양이었다. 뜨거운 차를 마시면 좋아지겠지 싶었다. 도로 건너 군부대 병영에 금속판으로 만든 물을 끓이는 커다란 증유기가 있었다. 거기서 보초를 서는 병사에게 1코페이카를 주면 증유기의 뜨거운 물을 주전자 가득 따라주었다. 나는 뜨거운 물을 받으러 가려고 식탁에 있는 주전자를 집어 들었다. 그때 주전자 밑에 놓인 쪽지가 보였다.

오늘 밤 10시에 드라콘디디로 와. 중요한 일이 있어! 볼로힌.

나는 마루샤에게 들키지 않도록 몸을 숙인 채 창문 밑을 지
나서 그대로 밖으로 뛰쳐나갔다.

나는 한 번도 드라콘디디 상점에 간 적이 없었다. 드라콘디
디 상점에는 김나지움 학생들의 비밀클럽이 있었다. 김나지움
학생이면 누구나 이 클럽의 존재를 알고 있었지만, 다들 쉬쉬
하고 입을 다물었다. 낙제생 조줄랴와 쿠르츠는 거기서 크바스
병에 담긴 질이 낮은 보드카를 마셨고, 딱부리 바벤티코프 형
제는 거기서 '버림받은 당나귀' 놀이를 했으며, 스테파 브가이
는 아버지한테서 3루블을 훔쳐내는 데 성공할 땐 언제나 거기
서 주예프와 4학년에서 낙제한 자기 동생 볼로댜에게 케이크
나 아이스크림을 사주며 같이 실컷 먹었다.

게다가 그곳은 '고행자'들이 '바르보스'를 피해 숨는 곳이기
도 했다. 이들이 '고행자'라 함은, 학교를 땡땡이 치고 어딘가
다른 장소—공원이나 바닷가—를 빈둥빈둥 돌아다닌다는 말
이었다.

가령, 물리과목 수업에 대비하지 않았다면 그는 낙제점수의
위협을 받게 된다. 그럼 그는 학교에 가는 것처럼 가방을 들고
집에서 나오지만, 두세 개의 거리를 지나면 바로 옆길로 빠져
서 학교수업이 끝날 때까지 빈둥거리며 시간을 보낸다. 그런
다음 집으로 돌아가 뻔뻔스럽게 식구들에게 거짓말을 한다. 돈

이 있는 '고행자'들은 드라콘디디의 가게에서 자신의 하루를 탕진한다. 거기서 먹고 마시며, 빙고와 도미노, 카드놀이 등을 하거나 낮잠을 잔다.

어려운 수업이 있는 날은 금세 열 명까지 모이기도 했지만, 단 한 번도 교직원들에게 소굴을 들킨 적은 없었다. 간혹 그들은, 아침부터 드라콘디디로 모두 모일 건지 전날 미리 의논하기조차 했다.

어느 날 스테파 브가이가 학급의 전원을 드라콘디디로 초대한 적이 있었다. 그 일은 우연히 벌어졌다. 그날 마지막 시간은 프랑스어 수업이었다. 우리는 수업이 끝나고 다음과 같이 기도를 해야만 했다.

"주님께 감사드립니다. 우리에게 은혜를 내리시어 공부에 열중하게 해주심을 감사드립니다. 우리의 지도자, 우리의 부모님, 우리의 선생님, 그리고 우리를 이끌어 선함을 알게 해주시는 모든 분들을 축복하시어……."

그 순간 스테파 브가이가 용감하게 앞으로 걸어 나갔다. 그는 무슈 랸이 러시아어를 모른다는 사실을 이용하여, 교회에서 기도서를 읽을 때와 같이 운율을 붙여 말했다.

"그리스어에서어 낙제점수 받기르을 원하지 않는 사람이나아 부모님에게서어 50코페이카를 훔친 사람으은 드라콘디디라느은 비밀장소에 모여라아!"

그러고는 공손하게 성상을 올려다보며 성호를 그었다.

무슈 랸은 정말로 기도하는 줄 알고 경건하게 눈을 감고 남의 나라 종교에 경의를 표했다.

페미스토클 드라콘디디 네 '소굴'에 대해서는 무냐 블로힌에게 많이 들었다. 그가 금요일마다 거기서 꼽추 이글리츠키와 체스를 두었기 때문이다.

그런데 이 김나지움 학생들의 비밀클럽에 가기에는 시간이 너무 일렀다. 아직 7시 45분도 채 되지 않았다.

옆집 료냐 알리게라키에게 가서 흰쥐와 최근에 새로 구한 '공중재비'하는 비둘기들을 볼까? 아니야, 지금은 비둘기나 쥐들과 놀 기분이 아니야. 그럼 프란치스카 할머니 자매의 상냥하고 다정한 목소리를 들으러 평온한 그 방으로 다시 돌아갈까?

나는 무작정 밖으로 나왔다. 거리에는 아무도 없고 텅 비어 있었다. 나는 '리타 바진스카야나 만났으면 좋겠다!'고 생각하면서 천천히 걷다가 다시 집으로 돌아갔다. 그때 갑자기 보랏빛 넥타이를 매고 멋을 잔뜩 부린 친딜린데르를 우리 집 쪽문 곁에서 마주쳤다. 무슨 일인지 향수 냄새까지 지독하게 풍겼다.

그는 인사말도 없이 품속에서 작은 상자를 끄집어내더니, 거기서 화살에 찔린 작은 은빛 하트를 꺼냈다. 하트에는 하늘빛 보석이 박혀 있었다. 그가 황홀하게 들여다보며 말했다.

"근사하지! 어떻게 생각해, 그녀가 기뻐할까?"

'그녀'란 〈굴즈만 엔 롬〉 공장에서 포장 일을 하는 붉은 머리 칠랴를 두고 하는 말이었다. 1년쯤 전에 친딜린데르가 목소리가 크고 뺨이 빨간 예쁜 아가씨에게 홀딱 반했다고 했다. 그때부터 그는 몹시 멋을 부리기 시작했고 걸음걸이까지 달라졌다. 전에는 고양이처럼 발소리를 죽이고 조심스럽게 걸었는데, 그즈음엔 음악에 맞춰 춤이라도 추는 것처럼 더욱 깡충거리며 걸었다.

나는 가능한 한 그의 앞뒤가 맞지 않는 말에 주의를 기울여 들으려고 노력했다. 그를 만난 게 정말 기뻤다. 덕분에 30분이라도 내 모든 불안과 슬픔을 잊을 수 있었다. 나는 친딜린데르가 가버릴까 봐 마음 졸이며 열심히 그의 이야기를 들었다. 그만큼 내게는 숨 돌릴 기회가 필요했다.

우리는 문 옆 벤치에 앉았다. 친딜린데르는 다시 주머니의 상자에서 하늘빛 보석이 박힌 하트를 꺼냈다.

"훔쳤다고 생각하는 건 아니겠지? 이것 좀 봐!"

그가 녹색 종이를 보여주었다. 귀금속상 〈비제회사〉에서 발행한 영수증이었다. 종이에는 '은 브로치 3루블 48코페이카'라고 똑똑히 쓰여 있었고, 그 밑에 상점의 동그란 도장도 찍혀 있었다.

"봐봐. 이게 어떤 도장인지! 이건 맹세코 진짜야!"

그는 자신이 훔치지 않았다는 데 스스로도 놀라는 것 같았다.

나는 잘 알고 있었다. 그 도장 날인이 없으면 칠랴는 그의 선물을 받지 않을 것이다. 둘이서 사귀기 시작하면서부터 그녀는 친딜린데르에게 다시는 그의 '전문직' 일을 하지 않겠다는 맹세를 받아냈다. 그리고 실제로 그는 지난해 여름, 정확히 말하면 1895년 6월 7일 이후부터 완전히 도둑질에서 손을 뗐다.

어머니는 그에게 카나트나야 거리와 노바야 거리가 만나는 모퉁이에 위치한 〈A. E. 카이제르 가구제작소〉에서 '선반공' 공부를 하라고 권했다. 이제 그는 거기서 일을 배우게 됐고, 지금은 친딜린데르가 아니라 '유쟈 시토크' 혹은 '시토크만'이라고 불리게 되었다. 그리고 만일 누군가 예전처럼 그를 친딜린데르라고 부르면 기분 나빠했다.

그는 전에도 이미 오래전에 도둑질을 그만뒀다고 나와 어머니를 설득했지만, 이제야 우리는 그를 완전히 믿게 되었다. 그동안 두 번쯤 칠랴를 집으로 데리고 왔었다. 그는 어머니와 내가 그녀를 좋아하는 걸 알고는 몹시 기뻐했다.

그는 일요일이면 아침부터 우리 집에 와서 물통에 물을 가득 채워 놓고, 사탕무와 감자를 벗겨 어머니의 요리를 도왔으며, 말란카와 함께 '고리세'에 빨래를 널고는, 마루샤를 위해 시립 도서관으로 책을 빌리러 갔다.

친딜린데르는 정말로 마음씨가 좋고 착했다! 교회의 아침 종소리가 울려 퍼지는 가운데, 아침 일찍부터 그와 함께 시장에 가는 일은 정말 즐거웠다. 장사꾼들이 고함을 치고 새끼돼지가 꽥꽥거리는 시장은 그야말로 남러시아답게 떠들썩했다. 우리는 그곳에서 살아 있는 새우, 고등어, 토마토, 가락지 빵, 버찌, 벌꿀과자 등을 샀다. 집에 돌아오는 길에 지친 우리는 세르세 네비치 부인 네 집 근처에서 잠깐 쉰 적이 있었다. 그때 친딜린 데르가 갑자기 웃으며 말했다.

"여자장사꾼들은 진짜 얼간이야!"

그가 옷소매를 흔들자 자두가 우르르 쏟아져 나왔다.

나는 깜짝 놀라서 그를 쳐다보았다.

"유자! 네가 말했잖아! 어머니에게도 칠랴에게도…… 약속 했잖아! 그런데 이게 다 뭐야, 부끄럽지도 않아?"

"이게 무슨 도둑질이라고? 그럼 넌 정말 사과피클이 먹고 싶지 않아?"

그는 히죽거리며 품속에서 비파열매, 사과피클, 오이, 캐러멜 등을 꺼냈다.

부끄러운 이야기지만, 친딜린데르가 훔쳐 온 것들은 모두 내 입맛을 다시게 하는 매혹적인 것들이었다. 나는 그때만큼은 기꺼이 그의 말을 받아들여, 훔쳐 온 것들이라 생각하지 않기로 했다. 나는 양심의 가책 따위는 전혀 없이 비파열매도, 자두도, 사과피클도 깨끗이 먹어치웠다.

하지만 붉은 머리 칠랴는 나보다 더 사욕이 없고 엄격했다. 한번은 친딜린데르가 시장에서 그녀가 좋아하는 밤을 훔쳐 온 적이 있었다. 그때 그녀는 새빨간 숯덩이라도 되는 것처럼 그 밤을 집어던지며 소리쳤다.

"너 같은 '고질적인 도둑놈'과는 만나고 싶지 않아!"

그 이후로 친딜린데르는 일요일마다 나무상자 사이를 서성거리면서도 도둑질은 하지 않았다. 누구나 훔쳐가는, 꼬마아이들이나 머리 위를 날아다니는 참새 떼조차 아무런 방해를 받지 않고 바구니를 황폐하게 털어가는, 미치광이 노파 마리얀카의 호박씨나 수박씨조차도 훔치지 않았다. 그가 서툴게 놓은 단맛나는 것들을 훔치려는 약삭빠른 자신의 손을 안간힘으로 붙잡고 있거나, 자기도 모르게 오이나 양파에 손을 뻗었다가도 욕설을 퍼부으며 그것들을 장사꾼의 자루에 도로 던져넣는 걸 누군가 보았다면 아마 웃음이 났을 것이다.

그는 또한 전처럼 욕도 잘 하지 않았다. 추악하고 나쁜 말은 쓰면 안 된다고 어머니가 엄하게 타일렀기 때문이다. 친딜린데르는 순순히 그러겠다고 약속했다. 다만 어떤 게 추악하고 나쁜 말인지, 어떤 게 바르고 좋은 말인지 분간하지 못하는 게 그의 비극이었다. 그래서 마당가의 나무라도 얼굴을 붉힐 만큼 부끄러운 말들을 아무렇지도 않게 뱉어내곤 했다. 우연히 그걸 목격하고 그게 나쁜 말이라는 걸 예를 들어가며 이해시켜주면, 그는 얼른 멈추고 당황하여 어쩔 줄 모르곤 했다.

"아이쿠, 잘못했어요, 용서해 주세요!"

지금은 그런 부분도 완전히 고쳐졌다. 최근까지도 '고질적인 도둑놈'으로 여겼던 그의 이전 모습을 이제는 상상하기도 어려워졌다. 이제는 머리가 허옇게 센 경찰 시모넨코조차 친딜린데르가 좋은 사람이라는 걸 의심하지 않았다.

친딜린데르가 벤치에서 일어났다. 그는 이제 가야 했다. 공원에 있는 알렉산드르 2세의 동상 옆에서 붉은 머리 칠랴가 그를 기다리고 있을 터였다.

"난 드라콘디디에 갈 거야!"

나는 내게 닥친 불행에 대해 모두 그에게 말하고 싶었다.

하지만 칠랴와 만날 시간에 늦을까 봐 초조해진 그는 내게 마음 쓸 여유가 없었다. 나는 벤치에 혼자 남았다. 또다시 슬픔이 몰려왔다.

내 슬픔은 시모넨코의 나팔소리 음률에 맞춰 신음소리를 내며 흐느끼기 시작했다.

그 흐느낌이 내 마음을 찢었다. 울고 싶었다. 페미스토클 드라콘디디의 지하실에서 나를 기다리는 건 과연 무엇일까?

드라콘디디

우스펜스카야 거리의 정류장 반대편에 〈천연광천수의 집〉이
있었다. 바로 그곳 지하실이 드라콘디디의 비밀클럽이었다.

〈F. M. 드라콘디디의 천연수와 시럽〉이라고 쓴 간판의 파랑
색과 흰색 글자가 조명에 비쳐 하늘색과 노란색으로 반짝이는
게 멀리서 보였다. 간판에는 부채꼴 모양으로 물을 뿜어 올리
는 사이펀 그림도 그려져 있었다. 나는 문을 밀고 상점 안으로
들어갔다. 문에 달린 초인종이 예상보다 훨씬 더 크게 울렸다.

내가 처음으로 본 건 드라콘디디의 푸른 대머리와 검은 턱수
염이었다. 앗시리아 식으로 네모나게 다듬은 수염은 염색을 한
것 같았다. 그 수염에서 선명하게 붉고 두툼한 입술이 거듭해
서 튀어나왔다.

드라콘디디는 판매대 뒤에 서서 주석숟가락을 비누로 닦고
있었다. 금속제의 높은 진열대 위에는 시럽을 담은 유리그릇이
나란히 놓여 있었는데, 파인애플, 초콜릿, 버찌, 바닐라, 나무딸
기, 오렌지 같은 시럽 외에도 튤립 시럽이라는 묘한 것까지 있
었다.

그런데 클럽은 대체 어디지? 블로힌이 수도 없이 얘기했던, 그 멋진 비밀의 방은 보이지 않았다. 드라콘디디의 뒤에는 문과 비슷한 그 어떤 것도 없었다. 매끈한 벽에는 벽걸이카펫이 걸려 있었고, 카펫에는 광고용 포스터가 붙어 있었다.

마누일 공작의 서커스
페르난도와 탄티 바디니 형제

"시럽을 넣을까, 아니면 시럽 없이?"
큰 컵에 스푼을 집어넣으며 드라콘디디가 물었다.
"아뇨, 음료수가 아니라…… 다른 일로…… 무냐 블로힌이 이리로 불러서요."
드라콘디디가 숱이 많은 멋진 눈썹을 찡그렸다.
"뭐라고 했지? 블로힌?"
"제5 김나지움 5학년인 무냐에요."
"블로힌? 그런 성도 있었나? 혹시 마라즐리나 랄리 아닐까?
랄리와 마라즐리는 이 지방의 돈이 많기로 유명한 장사꾼이었다.
"아뇨, 랄리도 마라즐리도 아니에요. 블로힌이라고요! 그 친구 아시죠? 무냐…… 여기서 항상 그…… 꼽추, 아니 이글리츠키와…… 체스를 두는데요. 다 알고 있어요, 누가 여기 오는지. 쿠르츠, 조줄랴, 바벤티코프 두 형제."

드라콘디디의 대머리가 파란색에서 빨간색으로 변했다.

"맙소사! 정신은 말짱한 거지? 여긴 레모네이드와 시럽밖에 없는데, 무슨 조줄라와 같이 있는 쿠르츠를 찾다니!"

어쩌면 내가 실수했는지 몰랐다. 블로힌이 말하길, 〈천연광천수의 집〉이라는 건 장식일 뿐이고, 그곳은…… 그러니까, 칸막이 뒤에는 덧문으로 막아 놓은 어두운 방이 있다고 했다.

나는 밖으로 나와 아카시아 나무 밑에 우두커니 서서 출입구에 분필로 써놓은 '유라는 라이 굴즈만을 사랑한다'라는 낙서를 멍하니 바라보았다.

드라콘디디 상점 옆에는 〈굴즈만 엔 롬〉 제과공장이 있었다. 나는 난간 대용인 수도관에 올라가 아래층 공장 안을 들여다보았다. 공장의 지하층에는 격자창살을 끼운 창문이 있었는데, 평소라면 창가에 나란히 놓인 길고 끈적거리는 작업대에서 50여 명의 여공들이 지독하게 좁은 자리에 끼어 앉아 말없이 일하는 모습을 볼 수 있을 터였다. 그들은 두 개의 석유램프 불빛 아래서 앞뒤로 움직이며, 율동적인 몸짓으로 자동기계처럼 재빨리 '황제의 장미 굴즈만 엔 롬 제과공장'이라는 글씨가 박힌 종이에 캐러멜을 싼다.

붉은 머리 칠라도 거기서 일했는데, 그렇게 힘든 일을 한 후에도 쾌활하게 웃는 그녀가 나는 신기하기만 했다. 게다가 때로는 친딜린데르와 녹초가 되도록 춤을 추기까지 했다.

하지만 그날은 일요일이었고, 제과공장은 쉬는 날이어서 창문 뒤에는 캄캄한 어둠뿐이었다. 나는 뒤로 돌아서다가 블로힌과 마주쳤다.

"무냐, 드라콘디디 상점이 어디 또 있니?"

무냐는 빙긋 웃으며 나를 다시 〈천연광천수의 집〉으로 데려가서, 내 몫과 자기 몫을 합친 20코페이카 은화 두 개를 판매대 위에 놓았다. 그러자 놀랍게도 드라콘디디가 블로힌에게 친구처럼 고개를 끄덕여 인사하고는, 주위를 살피며 서커스 포스터가 붙어 있는 벽걸이카펫을 들어올렸다. 벽걸이 뒤로 찢어진 기름천을 바른 조그만 문이 보였다.

"조심해! 층계가 있으니까."

드라콘디디의 말이 떨어지기 무섭게 나는 구덩이에 빠지듯 반 지하실로 떨어졌다. 그곳은 연기와 생선, 화장실, 석유, 습기 냄새가 뒤섞여 떠도는 어두운 방이었다.

눈이 어둠에 익숙해지자, 집시처럼 생긴 머리가 긴 남자가 석유풍로 위에 작은 생선을 올려놓고 굽는 모습이 보였다. 무냐의 말로는 그가 드라콘디디의 동생 조르카―그에 대해선 이미 소문으로 들었다―로, 수도공 혹은 열쇠장수인 벙어리라고 했다. 오른편 벽에는 커튼이 쳐 있었고, 그 뒤에서 누군가 코고는 소리가 들렸다. 어디선가 양철 통풍기 돌아가는 소리도 들리는 듯했다. 어쩌면 수도꼭지에서 물이 새는 건지도 몰랐다.

이게 바로 무냐가 그렇게 침이 마르도록 이야기한 '놀랍도록 멋진 드라콘디디의 비밀클럽'이란 말인가! 막연한 내 상상 속

에서 벨벳과 번쩍이는 것들로 장식되어 있던 비밀클럽이라는
데는 실제론, 기름에 더럽혀진 테이블과 어지럽게 흩어진 해바
라기씨앗 껍질과 더럽고 고약한 냄새뿐이었다!

나와 블로힌은 민 구석에 자리를 잡았다. 바퀴벌레가 테이블
위를 기어갔다.

자세히 보니 바벤티코프 형제가 보였다. 둘은 오른쪽 벽 옆
에 통을 뒤집어 놓고 걸터앉아서 게임 상대를 기다리며 카드를
섞고 있었다.

벙어리 남자가 곧 탁해 보이는 차 두 잔과, 보통은 맥주 안주
로 곁들여 나오는 짭짤하고 작은 빵조각을 검게 녹슨 쟁반에
담아 왔다. 무냐가 한쪽 눈을 찡긋하며 말했다.

"조르카는 재주꾼이야. 담배를 세 개비만 주면 바퀴벌레를
삼켜. 한 마리가 아니라 두 마리씩이나……."

나는 퉁명스럽게 말했다.

"바퀴벌레 따위가 무슨 상관인데? 난 네가 불러서 왔어…….
그런데 넌…… 바퀴벌레니…… 담배니……."

무냐가 웃었다.

"걱정 마! 다 잘될 테니까. 티모샤와 함께 궁리했지. ……거
의 티모샤가 생각해냈지만. 멋진 계획이야! 두고 봐……. 티모
샤도 이제 곧 올 거야, 그가 와서 다 설명할 거야."

그러나 블로힌의 웃음은 유쾌하지 않았다. 어쩌면 단지 마음
이 분산되어 그렇게 보이는 건지도 몰랐다. 생각이 다른 데 가

있는 듯한 그의 모습에 분개한 나는 그를 눈여겨보았다.

그는 변덕스럽고 공연히 안달하는 성격이었다. 어느새 그는 8학년인 류드빅 메이에르에게 달려가서 복권 한 장을 내밀었다.

"알렉산더 뒤마의 유명한 책『왕비의 목걸이』가 걸려 있어! 420페이지나 되지!"

그러고는 우표를 모으는 젠케비치에게 가서 그의 '쿠바'와 자신의 '야바'를 바꾸었다. 다음엔 출입문 쪽에 몰려 있는 피부가 거무스름한 어떤 사람들과 동전던지기 놀이를 했다. 그 다음엔 브가이 형제—볼로쟈와 스테파—가 초콜릿 과자를 먹는 곳으로 가서는, 가락지 빵으로 지휘를 하면서 그들과 함께 학생 감독 갈리킨(바르보스)을 심하게 조롱하는 내용의 거친 노래를 불렀다.

블로힌은 누군가의 옆을 무심코 지나다가도 아무 거리낌 없이 그와 함께 게임이나 일을 할 수 있었다. 그는 누구든 필요로 했고, 누구든 그를 필요로 했다. 모두가 그의 이름을 불러댔다. 문카! 무냐! 블로힌! 블로하! 나는 곧 이 방안에는 한 명이 아니라 대여섯 명의 블로힌이 있는 것처럼 느껴지기 시작했다.

그때 꼽추 이글리츠키가 다가왔다. 그들은 곧 체스판을 사이에 놓고 마주앉았다.

악취 때문에 머리가 아프기 시작했다. 나는 티모샤가 나타날 문에서 눈을 떼지 않았다. 주근깨 때문에 붉어 보이는 그의 동

그렇고 정다운 얼굴을 본다면, 당장이라도 지끈거리는 내 머리의 통증이 사라질 것 같았다.

티모샤는 어떤 모습으로 들어올까? 명랑한 모습일까, 아니면 우울한 모습일까? 어떤 새로운 이야기를 내게 해줄까?

닳아빠진 방수포를 뚫고 문 쪽에서 어스름한 빛이 새어나왔다. 나는 방으로 들어오는 사람마다 증오의 눈길로 바라보았다. 이번에 들어온 사람도 티모샤가 아니었다.

이글리츠키가 "장군!" 했고, 블로힌이 "멍군!" 했다.

갑자기 무냐가 자리에서 벌떡 일어났다. 티모샤가 눈을 가늘게 뜨며 위의 계단에 나타났기 때문이다.

우리는 사람들을 밀치며 그에게 달려갔다.

티모샤는 드라콘디디가 오래도록 붙잡고 있는 바람에 대판 싸울 뻔했다고 했다. 그는 언제나처럼 치아가 가지런히 보이는 미소를 띠고 있었지만, 두 눈은 침울하고 불안했다. 짙은 구릿빛 머리카락도 땀에 젖어 더 어두워졌다.

우리는 커튼 옆에 쌓아 놓은 생선 냄새나는 거적에 앉았고, 티모샤가 나를 재앙에서 구출하기 위해 아침부터 지금까지 했던 일들을 자세하게 이야기하기 시작했다.

"무엇보다 먼저 무냐가 조언한대로 엠마누일 쥬크에게 갔어."

"맙소사! 이번 일에 쥬크가 무슨 상관인데?"

우리 학교 학생이면 엠마누일 쥬크를 모르는 사람이 없었다.

쥬크는 기선의 선장처럼 듬직하고 위엄이 있었다. 그는 당당한 체격에 훌륭한 양복을 입은 엄숙하고 자신만만한 프로필을 지녔다. 실제로도 〈호텔 프리모르스카야〉에서 이발사로 일하는 중요한 인물이었다. 하지만 내가 그에게 어떤 도움을 기대할 수 있다는 말인가?

무냐가 펄쩍 뛰며 나섰다.

"뭐? 무슨 상관이냐고? 너 혹시 모르는 거야? 그가 하루도 빼지 않고 아침이면 면도칼과 가위를 들고 부르그메이스테르에게 가는 걸 정말 모른단 말이야? 수업 전에 여섯눈의 머리를 다듬고 면도를 해준다고!"

"그러니까, 그게 뭐?"

"그러니까, 그가 날마다 여섯눈하고 이야기할 수 있는 귀중한 기회를 가진 사람이라는 거지!"

그때 티모샤가 블로힌의 말을 끊고, 아주 중요한 이 호텔 이발사가 대단한 호의를 가지고 기꺼이 나를 도와주겠다고 했다는 말을 더듬지도 않고 자세히 이야기했다.

"우와! 굉장하다!

나는 기뻐서 소리쳤다.

"그…… 그게 아냐. 끄…… 끝까지 들어봐!"

돌연 티모샤의 아랫입술이 금방이라도 울음을 터트릴 듯 떨리기 시작했다.

이어지는 티모샤의 이야기에서, 이 매혹적인 쥬크가 은혜를 베풀기만 하는 사람이 아니라는 걸 알았다. 그는 여섯눈에게 이야기하는 대가로 2백 루블—단 한 번에 2백 루블이라니!—을 요구했고, 원하는 걸 얻어내는 데 성공했을 경우 2백 루블을 더 내라고 했다.

나는 심장이 멎을 것 같았다. 세상에 그런 비열한 인간이 다 있다니!

무냐가 피식 웃었다.

"그럼 넌 뭘 생각했는데? 쥬크는 본래 그런 인간이야. 여섯눈의 비밀앞잡이라고……. 주예프와 쥬쟈 코젤스키의 아버지가 부르그메이스테르에게 말 좀 잘해 달라고 쥬크에게 돈을 찔러주지 않았다면, 걔들이 한 시간이라도 학교에 남아 있게 될 거 같아? 갖다 바치는 액수도 2백이나 3백이 아니라 1천 루블이 넘는 돈일 거란 말이지!"

"쥬크, 이 악마 같은 놈!"

내가 소리쳤다. 티모샤가 죄인처럼 나를 쳐다보았다. 자기가 했던 번거로운 일들이 아무 도움이 되지 못한 걸 부끄러워하는 것 같았다. 그는 의기소침하게 말을 더 이어갔다. 쥬크 네 집에서 멀리 떨어진 포크로프스키 교회로 신부를 찾아갔다는 것, 거기서 미사가 끝날 때까지 기다렸다는 것, 내 이름을 듣자 신부가 콧김을 뿜으며 마치 고양이가 고슴도치를 쫓듯 자신을 쫓아냈다는 얘기들이었다.

나는 더 이상 듣고 싶지 않았다. 부끄럽게 고백하자면, 나는 티모샤가 한 일이 조금도 놀랍지 않았고, 그에게 조금도 고맙지 않았다. 아침부터 밤까지 먹지도 마시지도 못하며 온 도시를 분주하게 뛰어다니며 나를 위해 애썼는데, 나는 그의 말에 오히려 참을 수 없는 울화가 치밀었다. 잘못인 줄 알면서도 점점 더 화가 났다.

"그 다음에 나는 미트로파니치…… 핀티-몬티 선생님을 찾아갔어."

나는 화가 나서 거칠게 말했다.

"알아, 알아! 질질 끌지 마! 그건 나도 알아, 안다고! 미트로파니치 선생님께 갔더니 집에 없었잖아."

티모샤는 내가 화가 났다는 걸 알아차린 듯 절망에 빠진 목소리로 대답했다.

"맞아…… 처음엔 방파제의 등대로 갔어. 평소에는 선생님이 거기서…… 휴일마다 낚시를 하셨거든……."

"나는 네가 어디로 다녔는지 관심 없어…… 중요한 건 네가 선생님을 못 만났다는 거야! 못 만났다는 거! 못 만났다는 거!"

나는 이기적이고, 변덕스럽고, 거칠게 굴었다. 그게 정당하다고 생각했다. 그만큼 내 슬픔은 너무도 컸다. 나는 옆 테이블 위에 놓였던 누구 건지도 모르는 옹이가 많이 박힌 지팡이를 집어 탁자를 내리쳤다. 뭔가 신경질적으로 트집을 잡는, 내가 듣기에도 몹시 역겨운 목소리가 내 입에서 튀어나왔다.

"다 멋대로 해! 젠장! 멋대로 하란 말야!"

하지만 금세 잘못을 깨닫고 더듬거리며 용서를 빌었다.

"미안해……. 알고 있어, 다 알아……. 그렇지만 이제 난 어떻게 해야 하지? 정말이지 나는……."

눈물이 났다. 나는 커튼에 얼굴을 묻었다. 생선 비린내가 커튼에도 배어 있었다.

바로 그 순간 느닷없이 우리에게 친숙한, 아주 친숙한 단어들이 방안에 울려 퍼졌다.

"짐승 같은 놈! 게으름뱅이! 돼지 먹따게!"

우리는 방안에서 폭탄이라도 터진 것처럼 펄쩍 뛰며 일어섰다. 핀티-몬티! 정말 그가 여기, 우리 가운데 있단 말인가?

우리는 커튼 뒤로 달려갔다.

틀림없었다. 핀티-몬티였다. 그는 낡은 외투를 걸치고 작은 소파에 웅크리고 앉아 있었다. 바로 옆 탁자에는 보드카 작은 병과 타들어가는 희미한 촛불이 놓여 있었다.

어떻게 그가 이렇게 악취가 진동하는, 더럽기 짝이 없는 이 지하실에 나타났는지 믿을 수 없었다! 정말이었다. 최근 학생들 사이에는 선생님이 슬픈 마음을 술로 달래고 있다는 소문이 퍼졌다. 하지만 수업시간의 진지하고 위엄 있는 모습에 익숙했던 나는, 지금 그의 모습을 보며 말 그대로 '내 눈을 의심'했다. 그가 일어나더니 천천히 다시 앉았다. 그는 타라스 블리바(고골의 소설 『타라스 블리바』의 주인공)와 같은 긴 콧수염을 쓰다듬으면서 마치 이제부터 '한잠 잘까, 아니면 일어날까?' 하고 고민

하는 사람처럼 보였다. 그는 더 자기로 결정한 듯이 초라한 외투를 머리까지 뒤집어쓰려고 끌어올렸다.

우리는 학교에서 만난 것처럼 합창으로 인사했다.

"이반 미트로파니치 선생님, 안녕하세요!"

우울하고 졸린 목소리로 그가 대답했다.

"그래, 늙은이들…… 안녕!"

나는 그에게 부리나케 달려들었다.

"선생님, 어떻게 하면 좋을까요? 제가 학교에서 쫓겨났다는 거 선생님도 아시죠? 저는 이제 용서받지 못할까요? 학교에 돌아갈 수 없을까요? 훌륭한 학생이 되려고 했는데요. 저는……."

이반 미트로파니치 선생은 말이 없었다. 잠시 후 그가 음절마다 잘라 말했다.

"쫓-겨-났-다? 나 역시 쫓-겨-났-다!"

그러더니 느닷없이 내 허리띠를 움켜잡고 힘껏 끌어당겼다. 그리고 상냥하게 나무랐다.

"이 맹추야! 넌 이제 어린애가 아냐. 그것쯤은 알아야지……. 넌 신부나 그…… 그 녀석을 뭐라고 했더라? 그래, 쥬쟈 코젤스키였지……. 그 녀석과 말썽을 부려서 학교에서 쫓겨났다고 생각하지? 엉터리 개소리야! 네가 쫓겨난 건 네가 잘못했기 때문이 아니라, 네가 '검은 고양이'이기 때문이야. 한마디로 너희 집이 가난하기 때문이란 거지. 죄가 있다면 바로 그거야, 알겠니?"

그때 우리가 있던 구석으로 불쑥, 마치 땅 속에서 솟아난 것처럼 '벙어리' 조르카가 나타났다. 그는 우리 주위를 어슬렁거리며 지나치게 열심히 일을 하기 시작했다.

무냐가 들으라는 듯 큰 소리로 말했다.

"너, 저 사람이 정말 귀머거리라고 생각해? 웃기지 마! 저 사람 귀는 너보다 더 밝아! 저렇게 종일토록 테이블 사이를 얼쩡거리다가 내일이면 고자질할 만한 일들은 뭐든 냉큼 달려가 고해바칠걸!"

이반 미트로파니치가 자리에서 일어나 보드카 병 옆에 놓아둔 자신의 부드러운 모자를 집어 들었다. 그는 구겨진 망토를 두르고, 내가 조금 전에 탁자를 꽝꽝 내리치던 바로 그 옹이박이 지팡이를 들고 문 쪽으로 향했다.

"뒤쪽이에요! 그쪽이 아니라!"

무냐가 소리치며 우리를 반대쪽으로 이끌었다. 좁은 통로를 따라 나오니, 둥근 달이 비추는 광대하고 고요한 하늘 밑이었다. 마치 썩은 통나무에서 빠져나온 기분이었다.

나무와 풀숲과 비둘기장의 실루엣이 우리 앞에 모습을 드러냈다. 몇 분 후 우리는, 금색으로 빛나는 달빛과 낮은 집들의 거뭇한 그림자가 길게 드리워진 좁은 골목에 서 있었다.

달빛 아래서

나는 태어나서 그렇게 거대하고 위력 있는 달을 처음 보는 것 같았다. 마치 음악처럼, 달은 자신의 빛으로 온 도시를 사로잡고 가득 채웠다.

이반 미트로파니치 선생은 집이 드리우는 검은 그림자 속으로 들어가 무언가에 걸터앉았다. 그리고는 나를 자기 쪽으로 끌어당겨서 다시 우울한 목소리로 타일렀다.

"이제 넌 어린아이가 아냐. 모든 걸 스스로 깨달아야 할 때야!"

그리고 한참 동안 말없이 있다가 갑자기 물었다.

"너 혹시 토프티긴에 대해 들어본 적 있니?"

"어떤 토프티긴(동물 우화나 민화에 나오는 곰 이름) 말인가요?"

"당연히 죽은 '고인'에 대해서지. 네 불행은 바로 그의 잘못이야!"

'고인'은 2년 전 죽은 알렉산드르 3세 황제를 뜻했다.

지금도 기억이 난다. 알렉산드르 3세가 '고인'이 되었다는,

즉 죽었다는 소식이 학교에 전해지자 여섯눈과 프로호르 예브게니치와 신부가 앞을 다투어 그를 찬양했고, 교회의 추도회에서 흐느꼈으며, 때때로 가슴을 치며 황제가 얼마나 탁월하고 슬기롭고 고귀하며 선한 분이셨는지를 거듭거듭 상기시켰다. 그러면서 그는 보통 황제가 아니라 '평화를 창조한' 황제라고 했다. 결국 우리들도 그들의 찬양을 믿었고, 황제의 죽음을 크게 슬퍼했다. 검은 테를 두르고 학교 강당에 걸린, 수줍은 미소를 띤 황제의 초상화는 참으로 온화하고 자비롭게 보여서 그가 사악한 간계에 능한 사람이라곤 도저히 상상하기 힘들었다.

핀티-몬티의 말에 따르면, 알렉산드르 황제는 형용할 수 없는 폭군이었다. 황제와 대신들은 '하녀 자식' 포고령이라는, 실로 잔혹한 명령을 내려 노동자, 직공, 마부, 접시닦이, 점원, 짐꾼, 재봉사 등의 자녀들은 절대로 김나지움에 입학시키지 못하게 했다. 내가 놀라서 물었다.

"우리를 무식하게 버려두는 편이 황제를 기쁘게 하는 거란 말인가요?"

이반 미트로파니치 선생이 대답할 새도 없이 블로힌이 끼어들어 비웃었다.

"그럼 너를 대학생으로 만드는 편이 황제를 기쁘게 하겠니? 네가 대학생이 된다고 그에게 무슨 이득이 되겠어? 말도 안 되지! 돈 많은 부자들이야 소란 따윈 일으키지 않지만 가난뱅이는 그렇지 않단 말이지, 그중에서도 평민은 진짜 골치 아프거든!"

"맞아, 옳은 말이야!"

그렇게 말하고 이반 미트로파니치 선생은 힘들게 지팡이에 기대어 달빛이 그려놓은 그림자 밑으로 들어섰다.

"두고 봐! 이제 노래를 부를 거야! 나는 다 알아!"

무냐 불로힌이 속삭였다.

그리고 실제로, 이반 미트로파니치 선생은 기침을 한 번 하더니 강한 바리톤으로 노래하기 시작했다.

> 볼가 강으로 나가 보라
> 누군가의 신음소리 울린다
> 위대한 러시아의 강물소린가?
> 이 신음을 우리의 노래라 부를지니……

그는 거기서 노래를 멈추더니 내 허리띠를 움켜잡고, 내게는 아무 잘못도 없으며 아무 죄도 없다고 납득시키기 시작했다. 나는 그의 말을 다 이해할 수는 없었지만, 중요한 말은 알아들었다. 문제는 내가 코젤스키를 부추겨 성적표를 땅에 묻게 했는지 안 했는지가 아니었다. 그건 아무 의미도 없는 하찮은 일에 불과했다.

중요한 건, 내 어머니가 '튠틴 중령의 미망인'처럼 바닷가의 대저택도 없고, 주예프 어머니처럼 목욕탕이나 술집을 하지 않는다는 거였다. 바벤티코프 형제 네처럼 상점이나 조그만 가게도 없고, 쥬쟈 아버지처럼 레스토랑의 주인도 아니라는 거였다. 내 어머니가 가진 거라곤 그저 남의 속옷을 빨아 거칠어진 손밖에 없었다.

이반 미트로파니치 선생이 말했다.

"넌 왜 자기를 낮추려고만 하니? 어째서 울고 매달리며 애원하는 거지? 문제는 아주 간단하고 명확해. 여섯눈은 '하녀 자식' 예닐곱 명을 학교에서 쫓아내라는 명령을 받은 거야. 그래서 너와 핀켈리시테인, 야코벤코, 흐리스토플로 그리고 6학년 학생 세 명을 포함해 일곱 명을 쫓아내기로 한 거야. 그에게 약점을 잡혔으니 너희는 '꼼짝 마라!'였던 거지. 명령을 받은 이상 그도 어떻게든 실행해야 하니까……."

우리는 골목에서 나와 늘어선 상점, 집, 작은 정원들을 지나며 걸음을 옮기기 시작했다. 낯익은 카나트나야 거리는 달빛 아래에서 신비롭게 빛났다. 눈을 감고도 어디쯤인지 알 정도로 환했던 그 거리가 한 번도 와본 적이 없는 거리처럼 새로웠다. 마치 우리가 다른 행성에 떨어진 것만 같았다.

이반 미트로파니치 선생은 다시 내 허리띠를 움켜쥐었다.

"이 폭군이 우리를 조롱하는 날도 머잖아 끝이 날 거야! 성자 루시의 수탉들이 노래하면, 곧 성자 루시의 날이 올 테니까!"

이반 미트로파니치 선생의 말은 내게 용기를 불러일으켰다. 스스로를 낮추고 머리를 숙이는 짓은 이제 그만두어야 했다!

나는 아무에게도 잘못한 게 없었다. 어머니에게도 그렇게 말해야만 했다. 어머니에게 전부 설명해야 했다. 그들이 나에게 잘못을 저지른 거라고! 그리고 어머니에게도…… 정말, 그랬다!

도중에 나는 엠마누일 쥬크에 대해 이야기를 했다.

이반 미트로파니치 선생도 알고 있었다.

"여섯눈의 오른팔이지. 그래서 한몫 챙기는 거고."

이반 미트로파니치 선생의 말에 따르면, 여섯눈은 가장 맹렬하게, 가장 두려움이 없이 뇌물을 받아내기로도 유명했다. 만일 도시에서 누군가 거액의 뇌물을 받아 챙겼다면, 사람들은 그를 두고 '부르그메이스테르처럼 털어갔다'고 말했다.

학생들의 점수도 일종의 장사였다. 심지어 '3점은 얼마, 4점은 그보다 많이, 5점은 그보다 더 많이!'라는 식으로 금액을 정하기조차 했다. 특히 학년이 끝날 무렵, 성적 발표 기간이 되면 더욱 심해졌다.

핀티-몬티는 기회가 될 때마다 여섯눈이 하는 짓을 들춰냈다. 신문사에 투고도 했지만, 검열에서 신문에 싣지 못하도록 막았다. 문교부에도 보냈으나 주제넘게 나서지 말라고 오히려 핀잔만 들었다.

티모샤가 더듬거리며 물었다.

"그, 그렇지만 서…… 선생님. 여섯눈이 그런 시…… 식인종 같은 사람이라면, 장관은 어째서 그의 편을 드는 거죠?"

지친 이반 미트로파니치 선생은 말이 없었고, 대신 블로힌이 대답했다.

"여섯눈이 '신이여 황제를 지키소서(러시아 국가)' 노래할 때 본 적 있지? 성호를 긋거나 성상에 입을 맞추는 모습은 또 어떻고? 황제를 잃고 혼자 남은 마리아 왕비 이야기를 할 때는 코를 훌쩍거렸잖아? 장관이 바란 건 그런 거야! 그것뿐이야. 그러니까 장관은 여섯눈이 그렇게 나쁜 짓을 해도 못 본 체하는 거지."

달빛은 여전히 황금빛 물결로 거리를 물들이며 우리를 따라오고 있었다. 우리는 어느새 우리 집 문 앞까지 왔다. 핀티-몬티와의 대화에 정신을 빼앗겨 나는 우리가 우리 집 대문 앞에 다다른 것도 알아채지 못했다. 이반 미트로파니치 선생이 내게 말했다.

"잘 가라! 그리고 잘 기억해 둬. 계급사회에서 너는 하층민이고 평민일지라도 절대 노예는 아니라는 걸!"

내가 대문을 들어서자마자 친딜린데르가 달려 나왔다. 그는 껑충껑충 뛰면서 두 팔을 흔들며 온 집안에 들리도록 미친 사람처럼 떠들어댔다.

"왔어요! 왔어! 돌아왔어요! 살아서 돌아왔어요! 물에 빠져 죽지 않았다고요!"

어머니와 마루샤, 말란카, 키다리 리자, 칠랴가 소란스럽게 나를 에워쌌다. 모두들 내가 돌아온 걸 기뻐했다.

나는 차차 어찌된 영문인지 알게 되었다. 저녁에 집에 돌아온 어머니는 내가 보이지 않자 몹시 걱정하기 시작했다. 그러다가 부엌에서 드라콘디디로 오라는 블로힌의 종이쪽지를 발견했다. 하지만 마루샤 어머니는 드라콘디디가 무슨 말인지 도무지 알지 못했다.

곧 친딜린데르가 왔다. 그는 종이쪽지를 보자 우스펜스카야 거리를 향해 뛰기 시작했다. 그는 가끔 그곳에 가봤던 것이다. 하지만 나는 그곳에 없었다. 어머니는 내가 혹시 물에 빠지기라도 한 게 아닐까 몹시 걱정하기 시작했다. 바로 얼마 전 졸업생 두 명이 물에 빠져 죽었기 때문이다.

그건 그렇고, 티모샤는 어디 있을까? 블로힌은? 나는 그들을 쫓아가서 고맙다고 말하고 싶었다. 하지만 친딜린데르가 붙잡고 놔주지 않았다. 아무 탈 없이 무사히 돌아온 내게 어머니가 맨 먼저 한 말은 몸을 깨끗이 씻으라는 거였다. 나는 비누와 수건을 들고 친딜린데르와 함께 가까운 창고로 들어갔다. 친딜린데르는 다짜고짜 내게 찬물을 끼얹었다.

목욕을 하고 나오자 어머니는 우묵한 나무접시에 보르시치(육수에 채소를 큼직하게 썰어서 만든 수프)를 부어 주었다. 나는 먹고 싶은 마음이 없었지만, 어머니가 걱정하실까 봐 숟가락으로 몇 스푼 뜨는 시늉을 했다.

다른 사람들이 모두 가고 식탁에 어머니와 단둘이 남게 되자, 나는 이제까지 감추었던 일을 어머니에게 모두 털어놓았다.

"엄마는 모르시겠지만…… 솔직히 말할게요……. 내가 그런 게 아니라…… 튠틴이 그랬어요……. 그리고 멜레티 신부와…… 황제가 그런 거예요……. 핀티-몬티 선생님이 그렇게 말했어요……. 그러니까……."

이상하게도 어머니는 조용한 미소를 띠고 잠자코 나를 바라보기만 했다. 어머니는 아직 아무것도 알지 못하는 듯했다. 아마 짐작조차 못하고 있을 것이다. 어제와 오늘 내게 속은 것도, 수업료, 노트, 책, 가죽 뚜껑이 달린 책가방, 둥근 필통, 단추가 번쩍이는 교복 따위를 위해서 지불한 돈…… 그러니까 엄마가 열심히 일해 번 돈이 한순간에 불 속에 던져진 것처럼 쓸모없어져 버린 것도 전혀 알지 못하는 것 같았다.

"엄마, 나 엄마에게 다 말해야만 해요……. 여섯눈이…… 어제…… 아니, 그저께…… 그것도 아니다…… 어제……."

어머니는 그래도 말이 없었다. 그러다 문득 차분하게 입을 열었다.

"알아……, 벌써 알고 있단다."

"알아요?"

심장이 덜컥 하고 내려앉았다.

"어제 아침부터 알고 있었어. 어제 학교에서 통지서가 왔단다. 토요일 아침 일찍…… 마침 포마 삼촌이 있을 때였지……."

결국 나는 어머니에게 거짓말을 하고 이리저리 피해 다닌 꼴밖에 되지 않았다. 마치 아무 일도 없는 것처럼! 내가 교실에 들어가 블로힌 뒤에 숨어 있을 때, 어머니는 벌써 그런 엄청난 일이 벌어진 걸 알고 있었던 것이다. 하지만 어머니는 그 사실

에 대해 포마 삼촌이나 마루샤에게 말하지 않았다. 그리고 이
제 어머니는 침착하게 벽난로 옆에 조심스럽게 넣어둔 커다란
종이를 꺼내어 내게 내밀었다. 두껍고 광택이 나는 하얀 종이
에는 화려한 글씨체로 다음과 같이 쓰여 있었다.

> ○○시립 제5김나지움 교육위원회는, ××일 위원회의 결
> 정에 따라, 댁의 자제가 학업 부진은 물론 학생들에게 해
> 로운 영향을 끼쳤으므로, 제5학년으로부터 제적시켰음을
> 친애하는 부인께 통보합니다. 이에 따라 ××일 본 중학
> 교 사무실을 방문하여 자제분의 제적서류를 수령하실 것
> 을 친애하는 부인께서 승낙해 주시기 바랍니다.
>
>   ─ 존경심과 충실성을 보장하는 교장 A. 부르그메이스테르

이 통보는 나와 어머니에게는 사형선고나 다름없었다. 그러
나 어머니는 어찌된 영문인지 차분하기만 했다. 어머니는 마루
샤가 나한테 하는 것처럼 부랑자라거나 게으름뱅이라고도 하
지 않았다. 나는 차라리 어머니가 눈물을 흘리거나 울부짖는
게 나을 것 같았다. 태연한 어머니가 왠지 더 불안했다. 마치 죽
은 사람처럼 차가운 어머니의 손을 잡고 나는 애원했다.

"엄마, 걱정 마세요! 다 잘될 거예요! ……핀티─몬티 선생님
이 나한테 그렇게 설명해 주셨어요, 오늘요……."

나는 어머니에게 모두 말했다. 조금 전 거리의 달빛 아래서

이반 미트로파니치 선생이 내게 해준 이야기와 리케 할머니 자매에 대한 이야기, 그리고 쥬쟈 코젤스키에 대해 얘기했다. 그런 후 어머니와 나는 둘이서 조용히 오래도록 식탁에 앉아 있었다.

램프가 서서히 꺼지면서 탄내가 나기 시작했다. 불이 꺼지자 오히려 달빛으로 가득 찬 부엌이 더욱 밝아졌다.

어머니는 내가 한 번도 들어본 적 없는 흥분된 목소리로 당신의 이야기를 들려주었다. 이제까지 살아온 이야기와 내 아버지에 대한 이야기였다. 아버지는 페테르부르그에서 어머니를 버렸다. 내가 세상에 태어난 직후였다. 마침내 어머니는 긴 이야기를 마치고 입을 다물었다.

나는 그제야 내 얼굴이 온통 눈물에 젖은 걸 깨달았다. 그러나 내 마음은 더할 수 없이 평온해졌다. 마치 이 세상에 멜레티 신부도, 여섯눈도, 프로시카도, 류스티흐 후견인도 존재한 적이 없었던 것 같았다. 나는 어머니의 무릎을 베고 어머니의 손을 만지며 잠이 들었다.

월요일

　월요일에 나는 한낮까지 늦잠을 잤다. 그리고 한 번도 경험한 적 없는 심한 허기 때문에 잠에서 깼다.

　나는 음식에 달려들어 늑대처럼 먹었다. 양귀비 씨를 뿌린 커다란 빵을 다 먹어치웠고, 어제 뜨는 둥 마는 둥 시늉만 했던 보르시치를 다 먹었으며, 먹어치운 보르시치 양만큼 차도 많이 마셨다. 마루샤가 보았다면 얼굴을 찡그리며 혐오스럽다는 듯 말했을 터였다.

　"맹세하는데, 넌 아무래도 정상이 아냐!"

　정말이지 나는 정상이 아닌지도 몰랐다. 그때부터 나는 내가 결정적으로 잘못한 게 없다는 것, 교장과 그의 '천사들'이 악의적인 중상으로 나한테 중한 죄를 씌웠다는 것을 이해했다. 그리고 이제 어머니를 피해서 다닐 필요도 없고, 두려워할 필요도 없다는 걸 알았다. 쾌적하고 자유로운, 꽤 근사한 기분이 밀려들었다.

　나는 밖으로 뛰어나갔고, 잠시 뒤에는 밧줄을 타고 내 은신처인 '빅밤'으로 올라갔다. 낡은 통에 뛰어 올라가서 나만의 비밀장소에 숨겨두었던 구겨진 학원노트를 꺼냈다. 파란색 표지의 제목과 부제는 다음과 같았다.

배움의 집 기록
에필로그를 가진 열두 편의 영웅시

그리고 첫 페이지를 열면 정교하게 그어진 칸 속에 빨간색 잉크로 쓴 헌사가 있다.

리타 바진스카야에게 바친다

나는 노트를 펼쳐서 읽었다.

오크잘라가 교실 책상에서
낙제점수 보험 제도를 만들었다
받아쓰기 직전의 바로 그 자리에서
누가 보험에서 자유로울 수 있을까?

이건 고대 그리스 문학을 가르치던, 우리 중학생들의 '그리스인'에 대해 쓴 것이다.

그리스인이 교실에 들어오면

우리는 모두 일어선다
머리카락이 머리에서 일어서듯

이건 비겁한 아첨꾼 쥬쟈 코젤스키에 대해 쓴 것이다.

그는 이빨로 괴로워할 줄 안다
자신의 욕심 많은 눈으로 겨우
탐욕스러운 그리스인을 알아챘을 때
운명이 고통으로 그를
프로시카의 농담으로 비웃을 때
—유명한 광대였던 유태인을 구두쇠로 불렀기 때문에
프로시카 감독관을 그렇게 불렀다—

그리고 여섯눈에 대해서, 핀티—몬티에 대해서, 주예프에 대
해서…… 그 외에도 우리의 라틴어 선생인 이그나티 이바니치
카분 선생에 대한 것도 있었다.

문득 그날 1시부터 2시까지 우리 학급에, 아니 그들의 학급
에 내가 좋아하는 라틴어 수업이 있다는 게 떠올랐다. 그러자
반 학생들 앞에서 노래를 부르듯 라틴어로 시를 낭송하고, 카
분 선생이 나와 함께 고대 로마어의 운율에 심취하여 눈을 감
고 박자를 맞추며 내게 고개를 끄덕이는 걸 볼 수 있다면……
이 모든 걸 되돌릴 수 있다면 얼마나 좋을까 생각했다. 그리고

처음으로, 그것이 이젠 결코 이뤄질 수 없는 바람이라는 걸 명확히 깨달았다. 문득 세상에 오직 나 혼자인 듯한 외로움에 사로잡혔다.

학교를 떠올리게 하는 것들은 죄다 없어져라! 〈배움의 집 기록〉 따위는 집어치워라! 아무 소용도 없다! 나는 격분하여 불쌍한 내 문장들을, 단 한 자도 읽을 수 없도록 오랜 시간을 들여 발기발기 찢었다. 그러고 나서 '빅밤'에서 내려와 타르로 얼룩진 큰 쓰레기통으로 달려갔다. 쓰레기통에는 파리 떼가 검은 구름처럼 모여들어 웽웽거리고 있었다. 나는 거기에 종이 부스러기를 모두 처박았다.

그제야 겨우 기분이 좀 풀려 집으로 돌아왔다.

문턱을 막 넘으려는데 마루샤가 조용히 하라고 눈짓을 보냈다. 어머니의 두통이 아침부터 도진 것이다. 어머니는 얼굴이 까맣게 타서 꼼짝도 않고 누워 있었다. 마루샤가 20분마다 식초를 탄 물에 수건을 적셔서 어머니 머리에 단단히 동여매 주었다. 누나가 소리를 낮춰 야단쳤다.

"엄마가 학교에 다녀오셨어. 네 서류를 받으러! 부르그메이스테르 교장이 엄마에게 큰소리를 친 거야. 그래, 엄마가 모욕을 당하신 거라고. 모두 다 너 때문이야, 이 멍청아!"

나는 어머니 침대 옆에 섰다. 가슴이 터질 것처럼 뛰었다. 어머니 앞에서 눈물을 보이지 않으려고 부엌으로 나왔다. 마루샤가 5코페이카 동전 세 개를 내밀었다.

"내가 너라면 지금 당장 가브릴렌코 가게에 가서 저녁에 먹을 빵하고 양파 200그램을 사왔을 거야."

가브릴렌코 가게는 옛 포르토프란코프스키 거리 뒷골목에 있었다. 나는 돈을 받아들고 발을 질질 끌며 느릿느릿 가게로 향했다. 그런데 골목을 채 나서기도 전에 때마침 그곳이 있던 발렌틴 튜틴과 딱 마주쳤다.

튜틴은 세르세네비치 부인의 건물 몇 층인가를 전부 얻어 살고 있는, 모스크바의 어떤 귀족의 미망인인 그의 숙모를 만나러 거의 매일같이 그곳에 왔다. 지독한 근시인 탓에 언제나 졸린 듯한 그의 얼굴에 자만심이 타올랐다. 손에는 무거운 지팡이가 들려 있었다. 김나지움 학생은 비록 휴대용 막대기라도 지팡이, 우산, 딱딱한 곤봉 따위는 들고 다니면 안 되었다. 그것은 누구나가 다 아는 규정이었다.

그 순간은, 누구보다 마주치고 싶지 않은 애가 바로 튜틴이었다. 하지만 그는 나와 마주치자 아주 다정한 척 크게 미소를 지었고, 마치 나와 아주 친해서 이렇게 마주친 게 참을 수 없이 기쁘다는 듯 가식을 떨었다.

"안녕, 너 그새 살도 빠지고 핼쑥해졌다! 오늘 교장이 너에 대해 말하던데……. 쓸모없는 옴딱지라고 말이야……. 수업 중에 우리 교실에 들어와 그러더라. '다행히! 그는 이제 학교로 돌아오지 못하게 됐습니다. 쓸모없는 옴딱지는 모든 가축들을 해롭게 하지요. 다행히! 여러분은 그의 나쁜 영향에서 벗어나게 됐습니다!' 그렇게 말이야. 우리 엄마도 똑같이 말했어. 네 입장에서는 학교에 다니는 것보다 세탁소에서 일하는 게 훨씬 더 낫다고 말이야. 실제 너의 엄마도……."

"아우, 이 돼지낯짝을 그냥 확!"

나는 뻔뻔스런 그 돼지낯짝을 후려치고, 할퀴고, 물어뜯고 싶은 심정으로 소리쳤다.

며칠 동안 나를 괴롭혔던 모든 잔인함과 악의가, 기세등등하게 실실거리는 그의 미소를 보자 분노가 열 배나 강하게 폭발했다. 나는 나도 모르게 돌발적으로 깜짝 놀라 허둥대는 튠틴에게 덤벼들었고, 무거운 지팡이를 낚아챘으며, 그것을 두 동강으로 부러뜨려 곧바로 그의 얼굴을 향해 내팽개쳤다.

내가 그런 기적을 일으켰던 적은 이전에도 이후에도 결코 없었다. 지팡이는 강철처럼 단단해서 여느 때라면 부러뜨리기는 고사하고 구부릴 수조차 없었을 터였다.

나는 튠틴이 아픔과 분노로 울부짖으며 주먹을 쥐고 덤벼들 거라고 생각했다. 그의 주먹은 나보다 훨씬 강했다. 하지만 그는 겁에 질려 얼굴이 노래졌고, 비명인지 울음소린지 알 수 없는 묘한 소리를 지르면서 비겁하게 대문 안으로 달아났다.

화가가 되다

며칠이 지났다. 어느 날 친딜린데르가 찾아와 나를 구석으로 불러내 종잡을 수 없는 말로 속삭이며 물었다.

"돈벌이 해볼 생각 없어?"

능청맞게 눈을 찡긋하면서 오른손 손가락으로 돈을 세는 흉내까지 냈다.

나는 놀라서 그를 쳐다보았다. 뭔가 수상한 일에 나를 끌어들이려는 건가? 이런 눈짓, 이런 제스처, 이런 속삭임은 또 뭘 의미하는 거지?

하지만 정작 그가 내게 권한 일은 전혀 치욕스럽지 않았다. 오히려 본질적으로 좋은 일이었다. 그림을 그리는 도장공 아나호비치가 임시로 일할 조수를 구한다고 했다. 하루에 먹여주고 20코페이카씩 준다는데, 그 일을 수락하지 않을 이유가 없었다.

나는 말할 수 없이 기뻐서 그날 저녁 당장 아나호비치를 만나러 달려갔다. 그의 성을 나도 잘 알았다. 그는 칠장이일 뿐만 아니라 수많은 간판을 그리는 화가였다. 담배 가게, 이발소, 술

집, 세탁소 등 그가 그린 간판은 모두 문짝만큼 컸고, 간판마다 오른쪽 하단에 항상 커다란 글씨로 '화가 L. 아나호비치'라고 사인을 해놓았다.

담배 가게 간판에는 다갈색의 호화로운 터키모자를 쓴 뚱뚱한 터키 남자를 그렸다. 터키 남자는 터키의 소파에 터키 식으로 앉아서 터키의 기다란 물 담배 장치를 이용해 터키의 연초를 만족스럽게 태우고 있었다. 담뱃대에서 가느다란 터키의 연기가 우아하고 아름다운 나선형으로 감돌았다.

그런 멋쟁이들은 이발소 간판에도 있었다. 멋진 콧수염을 기른 젊은 이발사들이 귀 뒤에 빗을 꽂고, 은빛이 나는 큰 가위로 고객의 머리카락을 사랑스럽게 어루만지며 우아한 자세로 고객 위로 몸을 굽히고 있었다.

대체로 아나호비치와 같은 직업을 가진 사람들은 지역에 관계없이 일을 할 수도 있었다. 다른 도시의 기능직 화가들도 우리 도시의 주민들에게 자신의 솜씨를 뽐낼 수 있었다. 바로 얼마 전에는 아나호비치의 경쟁자 벤델이 〈북 호텔〉의 간판을 그렸다. 허리가 가느다란 네 명의 신사가 에메랄드 빛 당구대에서 당구를 치는 그림이었다.

이 새로운 예술작품을 보려고 사람들이 사방에서 몰려들었다. 신사들은 모두 하나같이 쌍둥이처럼 닮았고, 큐를 잡은 손의 팔꿈치들은 형틀에 매달린 것처럼 뒤틀려 있었다. 그런데도 아무도 황당해 S하지 않았다.

그래서 나는 친딜린데르의 제안을 듣고서 전혀 놀라지 않았고, 오히려 뛸 듯이 기뻤다. 나는 아나호비치가 나를 만나자마자 붓과 그림물감을 주며 당장 다갈색의 터키모자를 쓴 근사한 터키 남자나, 똑같이 생긴 신사들이 에메랄드 빛 당구대에서 당구를 치는 것 같은 그림에 색칠을 시킬 거라고 확신했다.

하지만 아나호비치—그는 키가 작았고, 무관심하고 비관적인 눈빛이었다—는 권태롭게 나를 바라보며 역시 권태로운 목소리로 말했다. 마치 내게서 아무것도 기대할 게 없다는 투였다.

"저기 구석에 끌이 있다. 내일 아침부터 너는 지붕에 올라가 있을 거다……."

그러고는 주소를 말했다. 사도바야 거리 8번지였다.

'끌이 뭐지? 지붕은 또 뭐고?'

알고 보니, 끌이란 긴 막대기 끝에 금속으로 만든 뾰족한 주걱이 달린 도구였다. 지붕을 칠하기 전에 먼저 그걸로 녹슨 부분과 낡은 페인트칠을 아주 깔끔하게 긁어내야 했다.

"그럼 붓은요?"

"붓은 1년이나 2년이 지나야 잡을 수 있는 거야……."

그 순간부터 나는 '끌쟁이'가 되어 낡은 페인트 벗기는 일을 시작했다.

페인트를 제거하는 '끌쟁이'는 페인트를 칠하는 '칠장이'와는 완전히 달랐다. 끌쟁이는 특별한 능력이 필요 없는, 아주 단순한 노동자였다. 아침 일찍 사다리를 놓고 지붕으로 올라가

177

웃옷도 구두도 모두 벗어던지고 발에 누더기를 감은 뒤, 낡은 페인트가 남았거나 녹이 슬어 꺼칠꺼칠해진 더러운 지붕을 끌로 깨끗이 벗기면 되었다. 그 일이 끝나면 칠장이들이 와서 지붕에 밑칠을 하고, 진홍색이나 초록색, 때로는 빨강이나 빛나는 노란색으로 페인트칠을 했다. 그러면 지붕은 몰라보게 젊어져서 거리를 아름답게 장식하게 된다.

나는 밑칠도 할 줄 알았다. 그건 지붕을 거울처럼 고르게 하기 위해 벗겨진 곳과 틈, 우묵한 곳에 특별한 도료를 바르는 작업이다. 나는 이 일을 바닷가에서 배웠다. 어부 신멜리디의 부탁으로 통나무배와 낚싯대 칠하는 것을 도와주곤 했던 것이다. 물론 아나호비치는 내게 그 일을 맡기지 않았고, 나는 페인트칠을 벗기는 작업에 만족했다.

아침나절은 바닷바람이 산들산들 불고 서늘해서 일하기가 쉽고 즐거웠다. 그러나 정오가 가까워지면 봄볕이 지붕을 태우기 시작했다. 그러면 나는 굴뚝 옆에 앉아서 쉬었다.

언제나 그 시간이 되면 아나호비치의 아들 보리스 레오폴도비치가 일꾼들을 감독하러 지붕에 올라왔다. 그는 키가 작은 것부터 비관적이고 축 처진 모습까지 아버지를 아주 쏙 빼닮았다. 그는 5분쯤 굴뚝 옆에 서 있다가 슬그머니 들고 온 바구니에서 마늘이나 파 작은 다발, 큰 빵 한 조각, 그리고 시큼한 크바스(러시아 전통 발효 음료) 한 병을 꺼냈다. 이를테면 '아나호비치의 새참'이었던 셈이다. 어부들은 내게 윗입술로 병 주둥이를 건드리지 않고 한 병을 다 마셔야만 한다고 가르쳤다.

굴뚝 옆에 앉아 있는 30분 정도의 휴식에 나는 말할 수 없는 행복을 느꼈다. 느긋하게 새참을 먹으며 맛보는 꿀맛 같은 휴식이 끝나면, 나는 다시 끌을 가지고 내가 맡은 구역에서 작업을 계속했다. 작업을 마치면 긁어 놓은 먼지와 쓰레기를 비로 쓸어 모았다. 쓰레기가 많으면 많을수록 그만큼 기뻤다. 내가 일한 보람이 느껴졌기 때문이다.

내가 하던 그 일에는 좋은 점이 정말 많았다. 우선 날마다 세상을 내려다볼 수 있는 높고 활짝 열린 하늘 밑에서 나의 하루를 보낼 수 있다는 게 좋았다. 지붕에선 튭틴과 바르보스와 프로시카가 꼬물거리는 모습을 볼 수 있었고, 내 수고들에 대한 결과물—나는 내가 작업한 지붕들이 깔끔하게 새 단장을 한 모습을 바라보는 것이 좋았다—을 확인할 수도 있었으며, 토요일이면 일해서 번 돈을 집으로 가져가는 기쁨도 누렸다. 이 모두가 내게 활기를 불어넣어 주었다.

물론 처음 얼마 동안은 극복할 수 없는 당혹감에 고통스러웠다. 얼마 전까지만 해도 은빛 기장이 달린 모자를 쓰고 거리를 활보하던 내가 이제 더러워진 작업복차림으로 사람들과 마주쳐야 한다는 사실이 나를 견딜 수 없이 초라하게 만들었다. 그래서 나는 현재의 초라한 모습을 들키지 않기 위해 스스로 자신을 오만한 변절자로 여기며, 나를 바라보는 주위의 조소어린 눈길을 무시하려고 애썼다. 그러나 그것은 쓸모없는 헛된

179

용기였다. 왜냐하면 그럴수록 내 마음은 더욱 고통스러워졌기 때문이다.

하지만 나는 점차 사람들의 시선에 익숙해졌고, 나중에는 완전히 무관심해졌다. 세르세네비치 부인이 발코니에 서서 나를 알아보고는 얼른 돌아서 꽃향기를 맡는 척하거나 삽살개를 쓰다듬는 척해도 아무렇지도 않았고, 전처럼 "안녕! 왜 그렇게 등이 굽었니? 일흔 살 넘은 노인네처럼!" 하고 큰 소리로 말을 건네지 않아도 상관없었다.

그렇지만 어쩌다 무심코 어머니가 빨래를 하거나 바느질하는 모습을 보게 되면, 새로운 고통이 나를 사로잡았고, 어머니와 내가 불쌍하게 느껴졌다. 어머니는 전과 다름없이 나를 파멸시킨 불행한 사건에 대해서는 한마디도 하지 않았다. 오히려 내가 곧바로 일하게 된 걸 기뻐하는 것처럼 보였다. 하지만 어머니는 전보다 더 홀쭉하게 야위었다.

나는 어떻게든 어머니를 위로하고 싶었다. 그래서 멋진 계획을 생각해냈고, 엄청난 발명이라도 되는 듯 마루샤에게는 비밀로 하고 어머니에게만 알렸다. 계획은 매우 간단하고 당연한 거였지만, 그것을 실천하여 완수하기는 계획처럼 쉽지 않을 수도 있었다.

"엄마, 나 뭐든 해낼 거예요……. 두고 보세요!"

어머니는 의아한 눈빛으로 나를 바라보았다. 그리고 그 순간 절대로 잊을 수 없는 사건이 벌어졌다. 갑자기 어머니가 와락 내 머리를 끌어당기더니 내 뺨에, 목에, 턱에, 눈에 힘껏 뽀뽀를 했다.

우리 집 식구에게 그런 습관은 없었다. 아무리 생각해 봐도, 어머니가 나나 마루샤에게 뽀뽀를 해준 기억은 전혀 없었다. 어떤 순간에도 어머니는 우리에게 변함없이 다정했지만, 언제나 엄격함을 잃지 않았다. 그래서 어머니의 갑작스런 애무가 나를 깜짝 놀라게 했다. 나는 벌떡 일어나 확신에 차서 말했다.

"내일부터 당장 시작할 거예요, 두고 보세요!"

멀리서 애달픈 연주소리가 들려왔다. 시모넨코가 나팔을 불고 있었다. 여느 때 같으면 지겨웠을 그 소리가 왠지 그때는 내게 뭔가를 예고하고, 뭔가를 약속하는 것 같아 기분 좋게 들렸다.

공부를 계속하다

　얼마 동안 내게는 아주 중요한 과제가 생겼다. 나의 계획은
내 생활을 이전보다 훨씬 더 흥미롭게 만들었다.

　아침에 지붕에 올라가면, 나는 제일 먼저 분필 조각을 꺼내
지붕 위에 큼직하게 외국어를 썼다.

I LOOK. MY BOOK. I LOOK AT MY BOOK.
아이 룩. 마이 북. 아이 룩 엣 마이 북.

(나는 본다. 나의 책. 나는 나의 책을 본다.)

　이런 문장을 30~40줄 정도 쓴 다음, 암호 같은 이 문장 위를
오래도록 걸어다니며 반복하여 읽었다. 그런 식으로 나는 작업
을 시작하기 전에 먼저 영어공부를 했다. 이 공부를 위해 나는
『혼자 공부하는 영어』라는 제목이 붙은 메이엔도르프 교수의
책을 헌책방에서 25코페이카에 샀다. 두툼하고 너덜너덜해진
책이었는데, 나중에 보니 10페이지 가량은 찢어져 나가고 없었
다.

메이엔도르프 교수는 대단한 괴짜가 틀림없었다. 왜냐하면 그가 아주 황당무계한 질문으로 끊임없이 독자에게 말을 걸어왔기 때문이다.

정원사의 두 살배기 아들이
자기의 막내딸의 손자를 사랑할까?
당신에게 빵을 굽는 가게에서 카나리아와
물소들을 사는 외눈박이 숙모가 있을까?

나는 내가 일하러 가는 지붕마다 교수의 이 기괴한 질문들을 잔뜩 써놓았다. 지붕의 페인트칠을 다 벗길 때까지 몇 번이고 반복해서 읽으며 문장들을 외우고자 노력했다. 왜냐하면 그가 책의 서문에서 "누구라도 적당한 주의를 가지고 나의 카나리아와 숙모를 대한다면, 리버풀이나 도버에서 태어난 사람처럼 완전하게 영어를 구사할 수 있고, 조지 바이런의 언어로 자신의 생각을 밝힐 수 있게 될 것"이라고 단언했기 때문이다.

나는 진심으로 그를 믿었고, 그의 지시에 따라 날마다 상상도 할 수 없는 그런 난센스 문장들을 지붕 위에 써댔다.

이 낯선 소경이 하늘색 암소가 웃으며 앉아 있는,
귀머거리 가수의 파란 나무를 볼 수 있을까?

이 이상한 암소가 파란 나무의 가지에 앉았다거나 가수의 약한 어깨에 올라가 있다는 말을 비록 이해할 수는 없었어도, 어쨌든 이런 종잡을 수 없는 문장의 도움으로 영어 기초문법은 내 의식에 견고하게 뿌리를 내렸다.

나는 톨스토이나 고골처럼 셰익스피어와 월터 스콧, 그리고 내가 열렬히 숭배하는 디킨즈와 가까워질 수 있는 즐거운 날들이 오길 꿈꾸었다.

내가 결코 잊지 못할 순간은「애너벨 리」를 이해했을 때였다. 미국의 천재 작가 애드가 앨런 포의 책을 '스피노자' 류드빅 메이에르에게서 어렵게 구해서「애너벨 리」를 찾아냈다. 그리고 그 시 속의 단어를 내가 거의 다 알고 있다는 사실을 알았을 때, 나는 미칠 듯이 행복했다.

그 순간 나는 '애너벨 리'를 리타 바진스카야라고 생각하고, 일하는 동안 큰 소리로「애너벨 리」를 낭송했다. 만일 진짜 영국인이 그때의 내 낭송을 들었다면, 그게 영어인 줄 짐작도 하지 못했을 거라고 나는 전혀 생각조차 하지 못했다. 왜냐하면 메이엔도르프 교수가 나에게 영어 발음은 가르쳐주지 않았기 때문에―당연히 가르칠 수도 없었겠지만―, 나는 그 단어들을 내 방식대로 이상하게 발음하면서도 그게 틀렸다는 걸 몰랐기 때문이다.

나는 그 기간에 영어 외에 다른 공부도 했다.

헌책방에서 김나지움의 6학년 교과서와 교과 과정표를 구해

다가 밤마다 대수, 라틴어, 역사를 공부했다. 놀랍게도 교실이 아닌 '빅밤'에서 교사 없이 혼자 공부하는 게 훨씬 쉬웠다.

그동안 티모샤가 자주 찾아왔고, 우리는 함께 공부했다.

나의 그런 모습을 보며, 어머니는 대단한 선물이라도 받은 것처럼 기뻐했다. 내가 퇴학당한 후 한 달 동안, 어머니는 더 이상 내게 학교 교육은 없을 것이라고 절망했던 게 틀림없다. 어머니는 미래의 내가 기껏해야 어느 보잘 것 없는 가게에서 점원노릇이나 할 거라는 생각에 내심 마음이 아팠을 것이다. 그런데 깨져버렸다고 여겼던 어머니의 꿈이 다시 되살아났고, 이제 반드시 이뤄질 거라는 진정어린 염원으로 변했다.

어머니는 마치 음악을 듣듯 나와 티모샤가 공부하는 소리에 귀를 기울였다. 어머니는 티모샤에게 버찌를 넣은 만두나 멜론, 참외와 수박 등을 전혀 아끼지 않고 내놓았다. 어머니는 빨래를 하거나 꽃에 물을 줄 때 당신의 멋진 노래를 예전처럼 소리 내어 부르기 시작했으며,『검찰관』과『할랴프스크 나리』를 읽을 때 예전처럼 눈물을 흘리며 웃게 되었다. 어머니가 다시 밝아진 걸 보며, 나는 더욱 열심히 크라예비치의 물리학과 큐네르의 라틴어문법을 파고들었다.

시모넨코조차 내게 호의를 가지게 되었다.

어느 일요일, 그가 자기네 정원 울타리를 올리브색으로 칠하는 걸 본 나는, 집으로 뛰어들어가 솔을 가지고 나와서 기꺼이 그의 일을 도왔다. 순식간에 그의 울타리는 올리브색으로 변했

다. '선량한' 털보 시모넨코는 너무 고마운 나머지 내 손에 1루
블짜리 은화를 쥐어주려고 했다. 물론 나는 받지 않았다. 그때
그가 결정적으로 내게 감동하였고, 경찰서에서 서기 일을 도울
생각은 없냐고 물었다.

"좋은 일자리야. 돈을 벌 수 있을 테니까."

경찰서에서 일하는 서기들은 완전히 사기꾼들이었다. 사소
한 일에도 뇌물을 뜯어냈기 때문에 그들은 궁핍함을 몰랐다. 그
들은 언제나 멋진 넥타이를 매고, 시가를 피우며, 술에 취했다.

시모넨코는 매우 편하게 돈을 벌었다. 그는 매일 아침 경찰
관 제복을 입고 아침시장이 열리는 광장에 나갔다. 그가 해야
할 일은 장사꾼들이 고객을 속이지는 않는지, 묵은 야채나 상
한 생선을 팔지는 않는지, 또는 저울을 속이지는 않는지를 조
사하는 것이었다. 필요하다면, 상한 고기를 팔려고 한 정육점
의 루킨이나 밀주를 팔려고 한 술장사 츄마코프의 조서를 받을
수도 있었다.

그러므로 당연히 장사꾼들은 시모넨코의 출현을 두려워하
거나 겁을 먹어야 했다. 하지만 장사꾼들은 친한 친구처럼 그
를 환영했다.

시모넨코는 마치 좋은 날씨에 대해 이야기하면서 안부나 묻
고자 그곳에 들른 것처럼, 밝은 표정으로 장사꾼들과 인사를
나누며 시장을 한 바퀴 돌았다. 장사꾼들은 시모넨코를 뒤따르
는 그의 집 가정부 마냐의 큼직한 바구니 속에 기꺼이 생선, 씨

앗, 올리브, 햄, 호두나 과일 등을 찔러 넣었다. 물론 그에게는 한 푼도 요구하지 않았다.

이 모두가 각자의 뇌물로, 장사꾼들이 고객을 속이고 상한 물건을 팔아도 '선량한' 시모넨코가 못 본 체 해주는 대가였던 셈이다. 그는 한 번도 저울눈 속이는 걸 조사한 적이 없었고, '공중위생법 위반'이라는 이유로 노점 상인에게 벌금을 물게 한 적도 없었다.

그런 일은 모든 사람들이 보는 데서 버젓이 벌어졌다. 그럼에도 불구하고, 나는 한 번도 그들 간에 불미스런 일이 일어나 긴장했던 기억이 없고, '시모넨코는 뇌물을 받아먹는 뻔뻔스런 놈'이라고 욕하는 걸 들어본 기억도 전혀 없었다. 장사꾼들은 오히려 시모넨코를 좋은 사람이라고 입을 모았고, 이웃—어머니와 마루샤만 빼고—들도 모두 그를 존경했다. 이웃 여자들은 다리미, 절구, 체, 커피분쇄기 등 그것이 무엇이든 필요할 때면 시모넨코에게 빌리러 달려갔고, 그도 그런 요구를 한 번도 거절한 적이 없었다.

시모넨코는 수도사와 거지들에게 기꺼이 호의를 베풀었으며, 세르세네비치 부인의 손에 키스도 했다. 게다가 휴일마다 옛 포르트란코프스키 거리 뒷골목에 있는 동정녀 교회에 가서 열심히 기도하는 독실한 신자였다.

나는 시모넨코가 내게 둥글고 큰 과일젤리를 주었던 걸 기억한다. 그때 나는 여섯 살이나 일곱 살이었을 거다. 어떤 아이들이 나를 괴롭혀서 집 밖에 서서 큰 소리로 앙앙 울고 있었는데, 그가 자기네 작은 정원에서 나와 내 손을 잡고 입에 과일젤리를 넣어주었다. 젤리에서는 담배와 청어 냄새가 났지만, 내 눈물은 금세 쏙 들어갔다.

우리 도시의 경찰관은 모두 흡혈귀, 싸움꾼, 난폭자 같은 거칠고 무례한 자들이었다. 그래서 사람들은 '선량한 뇌물꾼' 세묜 시모넨코를 경찰관 가운데서는 거의 '경건한' 사람으로 여겼다.

'혐오스런 꼬락서니'

　그 사이 내 벌이는 아주 나빠졌다.

　아나호비치에게 들어오는 작업 주문량도 적어졌다. 페인트칠 시즌이 끝난 것이다.

　나는 아나호비치가 소개해 준, 공연 포스터 붙이는 일을 하는 조합에 들어갔다. 이 조합에는 발 빠른 소년 10여 명이 있었고, 소년들은 각자 조합에서 정해 준 구역으로 나가 일했다. 나한테는 먼 변두리 구역이 주어졌다. 나는 풀이 담긴 양동이와 페인트용 솔을 들고, 다양한 공연 포스터 뭉치의 무게에 눌려 헐떡대면서 큰길과 골목을 뛰어다녔다. 될 수 있는 한 빨리, 벽이나 담, 눈에 띄는 전봇대 등에 붙여야 했다.

　공연 포스터는 이런 거였다.

　　세기의 야생동물원 제베케가 왔노라!
　　와우! 기회는 오직 이번뿐!
　　이사코비치 수영장에서!

깨진 병과 유리잔은 물론
개구리와 뱀도 삼키는 인간!
강철 위장을 가진
베트리오 선장!!!

자신의 인형과 말하는 복화술사
판텔레이온 바뉴힌!

기대하시라! 개봉 박두!!!

그 일은 내 힘에 부쳤다. 둘이라면 몰라도 혼자 하기에는 너무 불편하고 힘이 들었다. 결국 나는 일주일 만에 그만두고 말았다.

다음으로 나는 콧수염 털보 시모넨코의 소개를 받아 나이 많은 군부대 서기의 공부를 봐주게 되었다. 그가 승진을 하려면 김나지움 4학년 과정을 터득해야만 했다. 서기는 소심하고 공손하며 남에게 호감을 주는 사람이었지만, 대단한 구두쇠였다. 골로바튜크라는 그의 성도 희한했다. 결국 그는 나한테 수업료 2루블 50코페이카를 떼먹었다.

다른 일거리가 생겼다. 밤마다 7시에서 11시까지 대령의 미망인 예브도키야 게오르기예브나를 위해 《조국》과 《경작지》 잡지에 실린 아주 긴 소설을 읽어주는 일이었다. 첫 페이지쯤 지나면 예브도키야 게오르기예브나는 꾸벅꾸벅 졸기 시작했다. 그녀는 내가 계속 읽어 나가는 동안 평온하게 코를 골다가 거의 끝나갈 무렵 잠에서 깨어났고, 단 1초도 잠들지 않았던 것처럼 열렬히 칭찬하면서 내게 50코페이카를 집어주었다.

이 일은 료카 크린지나가 자기의 학교 친구를 통해서 나에게 찾아준 일이었다. 료카는 여전히 나를 보살피는 어머니처럼, 내게 꼭 필요한 양식과도 같은 교과서를 다섯 권이나 구해다주었다. 게다가 부활제 때는 나한테 영어사전을 선물하기도 했다. 또 일요일마다 티모샤와 무냐와 함께 공부한 다음 달려갔던 도서관 열람실로 여러 번 차가운 크로켓을 가져다주었다.

그녀는 코에 주름을 잡으며 우스꽝스럽게 찡그린 얼굴로 말했다.

"엄마가 또 나한테 크로켓을 싸주었지 뭐야. 이젠 크로켓이 지겨워졌어. 부탁인데, 좀 먹어주라! 안 그러면 버려야 해!"

후추가 든 크로켓은 뻣뻣하게 말라 있었지만, 나는 엄청 게걸스럽게 다 먹어치웠다. 가여운 료카를 곤경에서 구해 주고 싶은 마음 때문이기도 했지만, 그 무렵의 나는 뭐든 먹고 싶었고, 뭐든 아주 잘 먹었다. 아마 그 여름의 마지막 한 달 동안 내 키가 엄청난 속도로 자랐기 때문일 거다.

'마렌고'라는 옷감으로 만든 내 김나지움 교복 재킷은 금세 몸에 끼고 작아졌다. 나는 여름이 끝날 무렵, 그 재킷을 버리고 모아 두었던 15루블로 란데스만 상점에서 고급 사지로 만든 양복 재킷을 샀다.

아, 한 가지 빼먹은 이야기가 있다. 그건 내가 아직 지붕 위에서 일하던 때의 일이다.

어느 날 집으로 돌아가다가 나는 멀리서 리타 바진스카야를 발견했다. 순간 나는 뜨거운 물을 뒤집어쓴 것처럼 그 자리에 못 박히고 말았다. 언제나 거리에서 그녀가 '찰나의 환영처럼', '미의 순결한 화신처럼' 내 앞에 떠오를 때마다 나에게 밀려들던 그 열광에 사로잡혔다.

그때 그녀는 친구와 함께 아이스크림 장수 옆에 서 있었다. 아이스크림 장수는 더러워진 흰 삼베 천으로 감아 묶은 무거운 통을 목에서 벗어 놓고 그 속에서 노르스름하고 차가운 아이스크림을 막 꺼내려는 참이었다.

나는 리타의 곁을 지나며 밀려드는 사랑과 부끄러움 때문에 여느 때보다 더 심하게 몸이 앞으로 수그러졌다. 바로 그때 무서운 일이 벌어졌다. 그 자리에서 채 두 걸음도 떼기 전이었다. 리타가 느닷없이 큰 소리로 깔깔대며 웃기 시작하더니 내 뒤에서 말했다.

"맙소사, 저 혐오스런 꼬락서니라니!"

그녀의 친구도 비웃는 투로 한마디 거들었다.

"김나지움 학생에서 청소부로 탈바꿈 했다잖니!"

나는 엄청난 충격을 받았다. 내 귀를 의심했다. 고통으로 울음이 터질 것 같았다. 리타에게 모욕을 당했기 때문이 아니었다. 그녀가 그런 천박하고 하찮은 애였다는 걸 알았기 때문이었다.

'혐오스런 꼬락서니'라니! 이보다 더 추하고 상스런 말이 세상에 또 있을까? 그토록 천박한 여자애를 '애너벨 리'라고 생각했다니! 내가 그런 애에게 〈배움의 집 기록〉을 바쳤다니!

나는 왜 이제까지 알지 못했는가?
그녀는 사랑할 가치도 없고,
그녀는 미워할 가치도 없으며,
그녀는 입에 올릴 가치조차 없음을!

하지만 우리 동네로 들어섰을 때는 슬픔 따윈 이미 깨끗이 사라졌고, 내 마음은 더할 수 없이 활짝 개였다. 팔다리에 얽혀 있던 그물을 뜯어내 버린 것 같았다.

나는 정말로 기뻤다. 이제야말로 내게 됴카 크린지나를 사랑할 가능성이 생겼기 때문이다. 나는 믿었다, 그녀는 어떤 상황이라도 절대로 '혐오스런 꼬락서니'와 같은 추악한 말은 입에 담지 않으리라는 걸.

그날 저녁, 콧수염 털보 시모넨코의 나팔소리가 축제를 알리는 신호처럼 즐겁고 기쁘게 들렸다. 나는 하마터면 하수구의 철판 뚜껑 위에서 춤을 출 뻔했다.

모두 허사가 되다

공부를 다시 시작했다고 해서 내 삶의 모든 게 평탄하고 순조롭게 흘러가지만은 않았다.

1년이 지나자 모든 것이 변했다. 내 계획과 어머니의 꿈을 모두 뒤엎는, 매우 악의적이고 교활한 적이 나타난 것이다.

그 적은 바로 나 자신이었다.

물론 처음에는 열심히 공부했다. 꾸준한 노력으로 6학년의 전 과정을 습득했다. 하지만 1년이 지나 7학년 과정을 시작했을 때, 갑자기 거부할 수 없는 게으름이 나를 덮쳤다. 마치 악마가 내 안에 들러붙은 것 같았다. 나는 교과서를 집어던졌고, 티모샤와도 결별하고 말았다. 나의 태만이 날마다 나를 확실한 파멸로 이끌고 있다는 걸 잘 알았지만, 나는 아무것도 할 수 없었다. 결국 나는 악명 높은 게으름뱅이 건달이 되고 말았다.

그 시간들이 내 인생의 가장 부끄러운 오점이다.

그것은 매우 단순하게도 우토츠킨(1876~1916, 러시아 최초의 비행사 중 한 사람이자 실험비행사. 펜싱, 수영, 요트, 복싱, 축구, 자전거, 모터사이클, 자동차경주 등에서 맹활약을 했던 천부적인 스포

츠 선수)에게 열중하면서 시작되었다. 그때까지만 해도 우토츠킨은 아직 명성을 날리는 비행사가 아니었고, 아직 자기 소유의 비행기도 없었다.

그는 이제 막 자전거 경기의 챔피언으로 유명해지기 시작한 유쾌한 청년이었다. 우리 도시의 자전거 경기장에서 외국인을 포함해서 그를 한 번이라도 앞지른 선수는 단 한 명도 없었다.

만일 그 시기의 영예롭고 존경할 만한 세기적인 영웅을 꼽으라고 한다면, 나는 서슴없이 우토츠킨을 영웅으로 추대했을 것이다. 나는 다른 사내애들과 함께 높이 둘러쳐진 경기장 담장 위에서, 타들어가듯이 내리쬐는 뜨거운 햇볕 아래 몇 시간씩 앉아 있었다. 우토츠킨이 어떤 모습으로 30킬로미터를 돌아서 어떻게 갑자기 핸들 쪽으로 자세를 낮추고, 자신의 불운한 경쟁자들인 보고마조프를, 사포시니코프를, 루이 페르세론을, 프리드리히 브리트츠를, 자하르 코페이킨을 차례대로 멀리 떨어뜨리며, 질풍처럼 앞으로 미끄러져 나가는지를 내 눈으로 직접 보기 위해서였다.

나는 담장 위에서 아래로 곤두박질칠 뻔하면서도 군중들과 함께 극도로 흥분하여 소리쳤다.

"우토츠킨! 우토츠킨! 우토츠킨!"

무냐 블로힌, 로보다, 본다르추크 역시 우토츠킨을 좋아했다. 그래서 그들도 나처럼 자전거 경기장을 찾긴 했지만, 나처럼 모든 정열을 쏟아 부으며 정신을 온통 우토츠킨에게 빼앗기지는 않았다. 나는 우토츠킨이 출전하는 루마니아와 벨기에, 그리고 이탈리아 선수와의 경주에는 한 번도 빠지지 않았다.

그러던 어느 날, 우토츠킨이 평범한 사람들처럼 〈사라파노프 형제 식료품〉에서 소시지와 포도주 사는 걸 보았을 때는 정말 미칠 듯이 행복했다.

넋을 잃고 쳐다보는 내 시선을 느낀 그는, 천천히 팔을 뻗어 불그스름한 짧은 손가락으로 내 머리카락을 쓸어 올려주기까지 했다. 그건 내게 엄청난 사건이었다. 나는 아이들 앞에서 자랑했고, 그들은 나를 몹시 부러워했다.

그 시기에 또 하나 내 마음을 빼앗은 것은 바로 연이었다. 나는 열광적으로 연 날리기에 집착했다. 또다시 나는 페촌킨의 연과 공중전을 해도 반드시 이길 수 있는 기가 막힌 연을 만들고 싶은 열망에 사로잡혔다.

그래서 무척 공을 들여 '영국 밧줄'이라고 불리는 고급 실과 파랗고 큰 제도용지를 구했다. 나는 이 보물들을 들고 툐냐 알리게라키에게 갔다. 그와 함께 최대의 위력을 가진 전투 연을 만들 참이었다.

"굉장한 연이 될 거야! 우-우-우! 다 되면 '페촌킨 패거리의 최후!'라고 이름 짓자!"

그 시간부터 나는 어머니와 마루샤, 그리고 나 자신을 배반하기 시작했다. 매일 아침 나는 교과서를 가지고 물고 늘어지는 대신 툐냐 네 낡은 창고로 달려갔다. 유난히 코가 길고 몸집

196

이 작은 료냐는, 좁은 이마에 주름을 잡고 까만 눈을 반들거리며 온갖 잡동사니에 파묻혀 있었다. 연 만들기에 정신이 없던 그는 나를 보면 언제나 이렇게 말했다.

"마침 도와주러 잘 왔어!"

하지만 그는 내 도움이 전혀 필요하지 않았다. 단지 자기 솜씨를 알아주는 얌전한 관객이 필요했을 뿐이다. 대나무 틀을 만들 때, 큰 갈대 줄기로 연의 실 길이를 잴 때, 연 꼬리를 꼴 때…… 언제 무슨 일을 하든 그는 내가 칭찬해 주지 않으면 성이 차지 않는 듯했다.

만약 내가 칭찬하는 걸 잊기라도 하면 그는 스스로 자기 자랑을 시작했다.

"내 눈짐작이 컴퍼스야!"

"내가 만든 풀은 무쇠도 붙일 수 있어!"

3~4일이 지난 후 송아지만한 연이 준비되었다. 나는 황갈색 그림물감으로 눈을 부릅뜬 사람의 얼굴을 그리고, 얼굴 밑에 인쇄체 글씨로 큼지막하게 '페촌킨 패거리의 최후!'라고 썼다.

마지막으로 우리는 떡갈나무 막대기에 '영국 밧줄'을 8자 모양으로 감아서 연을 외양간 여물통 뒤에 감춰두었다. 이제 바람이 부는 날 연을 높이 띄워 페촌킨의 연과 싸움을 하기만 하면 되었다.

꼬박 일주일이나 바람 잔 날이 계속되었다. 일요일 점심때가 다 되어서야 집 밖에 널어놓은 빨래가 흔들리기 시작했다. 그러다 잠시 뒤 명령이라도 받은 듯 모두 한꺼번에 펄럭였다. 하늘을 올려다보니 바다 쪽에서 구름이 몰려왔다. 바람은 점점 더 강해졌다. 거리에는 먼지가 뽀얗게 일어 길을 가는 사람들이 눈살을 찌푸렸다.

문밖에 나간 여자애들은 비명을 지르며 손바닥으로 치맛자락을 눌렀다. 이때다! 나는 얼른 연을 들고 지붕으로 올라가 연의 양끝을 두 손으로 잡았다. 료냐는 한참 동안 내 발밑에 버티고 섰다가 필사적인 목소리로 내게 소리쳤다.

"뛰어!"

그는 굵은 실패를 땅바닥에 던지고 왼손으로 실을 잡고 바람이 있는 긴 뜰을 따라 대문을 향해 곧장 뛰어갔다.

연은 꼬리로 내 얼굴을 찰싹 때리고는 천천히 지붕 위로 날아오르기 시작했다. 강한 바람이 마치 위에서 연을 움켜잡은 듯 사이좋게 하늘로 높이, 더 높이 올라갔다.

나는 지붕에서 뛰어 내려가 황홀한 마음으로 료냐에게서 실 끝을 건네받았다.

"우―우―우, 당겨!"

연도 우리처럼 기뻐하는 것 같았다. 연은 수선을 피우지도 않고, 공연히 안달하지도 않으며, 멈칫대지도 않고 기다란 꼬리를 나풀거리며 당당하고 침착하게 유유히 높은 하늘에 떠 있었다.

나는 15~20미터쯤 실을 더 풀었다. 연은 가볍게 쑤~욱 더 높이 올라갔다. 햇빛을 받아 금빛으로 반짝이는 연은 이제 멀리에서도 사람들의 눈에 띌 터였다. 우리의 연은 기운차고 아름다웠다.

사방에서 사내아이들이 달려 나와 '찰나'라도 실을 잡게 해달라고 졸랐다. 나는 다들 기쁘게 해주고 싶었다. 하지만 료냐는 아이들에게 무서운 목소리로 으르렁댔다. 아이들은 깜짝 놀라 입을 다물었다.

그런데 페촌킨은 뭘 하고 있을까? 당연히 그는 우리의 연을 보고 있을 터였다. 다만 우리의 거대한 연과 끌어당기며 싸우다가는 힘도 못 쓰고 창피를 당할까 봐, 자기 연을 어두운 지하실 어딘가에 감춰두었을 것이다. 그가 패거리들과 함께 사납게 미쳐서 날뛰며 우리를 부러워하는 게 눈에 선했다.

그러는 사이 한 시간쯤 지났다. 우리는 의기양양해졌다. 그때 느닷없이 얼마 떨어지지 않은 곳에서 페촌킨의 연이 겁먹은 듯 소심하게 하늘로 떠올랐다. 너무나 작고 볼품이 없었다! 그 꼴로 뭐하자는 거지? 우리 실은 페촌킨의 것보다 1천 배는 더 튼튼했다. 그가 싸움을 걸려고 드는 날엔 그 자리에서 곧바로 파멸하고 말 터였다.

우리는 페촌킨의 연이 우리 연에게 다가오려고 애쓰는 걸 보며 미리 승전고를 올렸다.

"만세!"

바로 그때, 믿을 수 없는 일이 벌어지고 말았다! 그때까지 당당하고, 강하고, 침착하던 우리의 거대한 연이 안달하며 몸부림치기 시작하더니 갑자기 총이라도 맞은 것처럼 크게 지그재그를 그리며 하늘에서 떨어지고 말았던 것이다! 우리 손에는 축 늘어진 실만 남겨졌다.

료냐는 외마디 비명을 지르며 땅바닥에 주저앉았다.

나도 분해서 헐떡이며 고함을 쳤다.

"이 멍청아! 다 너 때문이야! 너 때문이야!"

나는 주먹을 불끈 쥐고 료냐에게 덤벼들었다.

료냐와 나는 먼지와 진흙탕 속에서 뒹굴었다. 그는 용케 빠져나가며 내 팔을 물어뜯고 내 귀를 할퀴면서 기괴하게 울부짖었다. 옆집 마당에서인 듯 높지 않은 담장 너머로부터 좋아서 어쩔 줄 모르는 페촌킨의 웃음소리가 들렸다.

그 어이없는 패배의 원인은 다 료냐 혼자의 책임이었다.

자신을 지나치게 믿는 자만심덩어리 료냐가 내게 큰소리쳤었다. 자기가 직접 제작한 이 멋진 연은, 특별히 각종 다양한 재료의 천 조각과 꼬아서 만든 실로 꼬리를 단단하게 매듭지어뒀기 때문에 아주 튼튼하다고 했다. 매듭은 확실히 단단했다. 그러나 문제는 천 조각과 꼬아 만든 실이 썩었다는 데 있었다. 게다가 이렇게 큰 연에는 전혀 맞지 않는 보리수껍질 보푸라기까지 섞여 있었다.

나는 전에도 이 문제에 대해 로냐에게 말했었지만, 그는 흘깃 쳐다보고는 침을 뱉었을 뿐이다. 그는 그렇게 자신을 믿었고, 자신의 기술을 높이 평가했다. 차츰 나도 그의 말을 믿게 되었다. 언제나 자신만만한 사람은 어떻게든 믿게 되었다. 적어도 나한테는 그런 일이 항상 발생했다.

하지만 악당 폐촌킨이 료냐보다 더 똑똑했다. 그는 우리 연의 실을 절대로 끊을 수 없다는 걸 알았다. 때문에 정면승부를 포기하고, 뒤에서 단 한 번의 강하고 재빠른 동작으로 꼬리를 끊어버렸다. 꼬리 없는 연은 돌과 같아서 잠시도 공중에 머물러 있지 못한다. 보기엔 화려하지만 허약하기 이를 데 없는 이 하늘의 멋쟁이는 그렇게 최후를 맞은 것이다.

사실은 연이 떨어지자마자 조금이라도 남은 실을 구하기 위해서 우리는 뜰에 살아남은 실을 모으는 동시에 연이 떨어졌을 근처 골목이나 큰길을 향해 쏜살같이 달려갔어야 했다. 그러나 화가 난 나와 료냐는 더러운 땅바닥을 뒹굴며 오랫동안 싸우기만 했다. 그 사이 폐촌킨 패거리들은 발 빠르게 움직여 지체 없이 값비싼 실이 떨어진 곳으로 달려갔고, 재빨리 실을 끊어 가져가버리고 말았다.

그날 저녁 나는, 눈은 맞아서 시퍼렇게 멍이 들고, 옷은 찢어지고, 머리카락은 헝클어져 엉망이 된 채 집으로 돌아왔다. 그리고 부끄러워 죽고 싶은 심정으로 어머니와 함께 식탁에 앉아서 어머니가 만든 보르시치와 빵을 먹었다! 마루샤가 몹시 화난 얼굴로 나를 쳐다보던 그날 밤, 나는 한숨도 못 자고 괴로워하면서 뒤척였다.

밤마다 나는 무분별한 내 행동을 부끄럽게 반성했고, 스스로를 게으름뱅이 악당이라고 질책했으며, 좋은 시절을 헛되이 보내는 이런 생활을 당장 그만두겠다고 맹세하면서, 내일부터는 자신을 바로잡아서 열심히 공부할 거라고 수없이 다짐했다.

하지만 아침이 되면 또다시 거리로 뛰쳐나가 기선이나 돛단배를 보러 항구로 가거나 자전거 경기장에 갔고, 불난 곳이나 닭싸움을 구경하러 가지 않으면 콧수염 텁보 시모넨코가 기르는 비둘기를 쫓아다녔다. 어쩌다 집에 있는 날이라도 교과서가 보이기만 하면 불을 피하듯 또 멀리 달아났다.

그렇게 내가 허송세월을 하는 동안에도, 어머니는 단 한 번도 나를 포기하지 않았다. 하지만 내가 문간에 나타나면, 어머니의 눈꺼풀과 눈썹이 바르르 떨렸고 입술이 꽉 다물어졌다.

어느 날 나는 리브나야 거리를 걷다가 멜레티 신부와 마주쳤다. 지나가는 사람들의 인사를 상냥하게 받아주는 그의 모습은 참으로 훌륭하고 선량해 보였다! 그러나 나는 악마라도 마주친 듯 급히 그의 옆을 지나쳤다. 내 삶을 엉망으로 만들어버린 그를 용납할 수 없었고, 그런 그가 내 불행을 보고 기뻐하게 놔둘 수도 없었다. 그래서 더욱 거칠고 유감스럽게 그의 곁을 지나쳤다.

그런 칠칠치 못한 생활이 3개월 이상이나 지속되었다. 그 기간 동안 나는 처음이자 마지막으로, 아침부터 밤까지 오락거리를 찾아다니는 게 얼마나 권태로운 일인지, 게으름뱅이로 사는

게 얼마나 괴롭고 힘든 일인지, 하찮은 인간이라는 게 얼마나
치욕스러운 고통인지를 진심으로 깨달았다.

하지만 나는 이 고통을 아무에게도 보여주지 않았다. 오히려
자신의 무분별한 방종을 남들 앞에 과시했다. 내가 료카 크린
지나의 불평에 대해 나도 모르게 금세 낯을 붉히며 난폭한 욕
설로 대꾸했을 때, 그녀가 무섭도록 놀란 얼굴로 나를 주시하
던 모습을 나는 지금도 아프게 기억한다. 우리와 같은 집에 세
들어 사는 사람들이 나를 피하기 시작했고, 짐꾼들의 밥 시중
을 드는 모탸는 나를 만날 때마다 혀를 끌끌 찼다.

"애비 없는 자식은 이래서 안 된단 말씨! 아버지가 집에 있었
다면 널 깡패로 만들진 않았을 낀데."

7월에 나는 집에서 완전히 나왔다. 어머니도, 마루샤도 만나
지 않았다. 지금도 나는 그때 일을 몹시 부끄럽게 떠올리곤 한
다. 어떤 적의에 사로잡힌 나는 아무 까닭도 없이 어머니에게
혐오스럽고 무례한 언동으로 "아주 집을 나가버리겠다!"고 마
구 지껄여대고는 충동적으로 집을 뛰쳐나오고 말았다. 이후 나
는 부스스한 머리에 떨어져 너덜거리는 신발을 끌면서, 몹시
야위고 굶주린 상태로 한여름 태양에 달궈진 도시를 배회하기
시작했다.

나는 폐촌킨 패거리들하고만 어울렸다. 진종일 그들과 함께
낚시를 했고, 타란툴라(독거미)를 쫓아다녔으며, 멍청해질 정도
로 동전 던지기 게임을 했다. 만일 2~3코페이카를 따면 그걸로

빵과 크바스를 사먹었다.

어머니의 빨래를 도와주던 말란카가 아르나우츠카야 거리
의 땅굴 같은 지하실에서 남편과 함께 살고 있어서 그나마 내
게는 도움이 되었다. 배가 고파서 더 이상 견딜 수 없을 지경이
되면, 나는 가파르고 기울어진 층계를 내려가 말란카에게 토마
토, 옥수수죽, 생선 따위를 얻어먹었다. 간혹 내가 좋아하는 버
찌를 넣은 만두도 먹을 수 있었다.

나는 나중에서야 그때 내가 먹었던 것들이 모두 어머니가 미
리 말란카에게 보내준 음식이었다는 걸 알게 되었다.

밤엔 바닷가에서 잠을 잤다. 그곳에는 늙은 어부 신멜리디의
커다란 낚시용 배가 있었기 때문에 거기서 마음 편히 잘 수 있
었다. 그러나 그 배에 대한 소문은 금세 퍼져, 결국 나처럼 잘
곳이 없는 다른 아이들에게 내 자리를 뺏기고 말았다. 그들은
초저녁부터 그곳을 점령하고 내가 나타나면 돌이나 찰흙을 던
졌다. 그들은 모두 셋이었는데, 모두 나보다 나이가 많았다. 하
는 수 없이 나는 모래 위에 누워 잠을 청했다. 모래는 새벽이 되
면 싸늘하게 식었다.

만일 그런 게으르고 무의미한 생활이 추운 겨울까지 계속되
었다면, 나는 어딘가의 벌판을 헤매다가 눈 속에 파묻혀 죽고
말았을지도 모른다.

삶이 다시 시작되다

그때 나를 구해 준 건 희한하게도 인플루엔자였다.

지금은 독감이라는 이름으로 빈번하게 발생하지만, 어려운 질병인 이 유행성 감기가 그때 처음으로 우리 도시를 덮쳤다. 당시엔 이 질병을 치료할 방법이 없었고, 많은 사람이 이 병으로 죽었다.

가엾은 티모샤도 인플루엔자에 걸렸다. 그는 오랫동안 앓아누워 있었고, 그 때문에 학교 공부는 형편없이 뒤떨어지고 말았다. 그렇지만 학교의 후견인인 폰 류스티흐 백작이 특별히 허락해 준 덕분에 티모샤는 가을시험을 치를 수 있게 되었다.

물론 나는 이러한 사실을 전혀 모르고 있었다. 벌써 몇 달 동안 학교 친구들은 누구와도 만나지 않았기 때문이다. 그런데 티모샤의 여동생 리자가 항구의 방파제에서 페촌킨 패거리 중 한 명과 저녁거리로 물고기를 낚고 있는 나를 발견했다.

리자는 쏜살같이 내게 달려와서는 당장 자기와 함께 티모샤에게 가자고 졸랐다. 병을 앓고 있던 티모샤가 벌써 오래전부터 나를 그리워하며 만나고 싶어 했기 때문이다.

나는 리자에게 티모샤의 근황 따윈 전혀 알고 싶지 않다고 일부러 난폭하게 말하며 그녀를 돌려보냈다. 말은 그렇게 했지만, 그날 내내 나는 티모샤가 신경 쓰였다. 결국 다음날 아침 일찍 나는 구두를 닦고 헝클어진 머리에 빗질을 한 다음, 낯익은 길을 따라 기묘한 배 모양의 집으로 흐느적거리며 걸어갔다.

햇빛을 받아 빛이 바랜 듯 창백한 연보랏빛의 잔잔한 바다가 나타났다. 그 위를 지긋지긋한 갈매기들이 싫증나게 맴돌았다. 좁은 배의 트랩을 닮은 계단을 따라 내려가자 발코니가 나왔고, 발코니에는 텐트가 쳐져 있었다. 그 아래 쇠약해진 티모샤가 펼쳐진 책과 노트 사이에 앉아 있었다. 그의 뺨은 창백했고, 홀쭉해진 탓인지 그의 커다란 귀가 유난히 더 크게 보였다. 옆에는 보라색과 노란색 상표가 붙어 있는 약병이 놓여 있었다.

나를 보자 그는 한마디도 꺼내지 못할 정도로 흥분했다.

나 역시 아무 말 없이 우울하게 옆에 앉았다.

마침내 그가 말하기 시작했는데, 무슨 까닭인지 갈매기에 대해 말했다. 그들이 아주 탐욕스럽고 혐오스럽다고 했다.

그는 전보다 더 심하게 말을 더듬었다. 나는 그가 자신의 쇠약함과 말더듬이를 몹시 부끄러워하고 있다는 걸 눈치 챘다. 그게 나를 기쁘게 했다. 나는 그가 다른 사람들처럼 나를 업신여기거나 불쌍한 눈길을 던질 거라고 생각했지만, 그는 전혀 그렇지 않았다. 오히려 티모샤는 나를 부러워했고, 내가 자기를 가엾게 여겨주기를 바랐다. 나는 정말로 그가 가엾어졌다.

그가 문득 생각난 듯 지금까지 풀기 위해 실랑이하던 대수문제를 내게 보여주었다. 나는 그에게 어떻게든 나를 증명해 보이고 싶다는 생각에 내 사고력을 총동원했다. 놀랍게도 나는 정확하게 그 문제를 풀어냈다. 그가 두 번째로 내민 건, 복잡하고 까다로운 두 열차에 대한 문제였다. 우리는 오랫동안 둘이서 머리를 맞대고 그 문제와 씨름을 했고, 결국 나는 훌륭하게 해답을 찾아냈다.

그 다음에 우리는 베르길리우스(BC 70∼19, 로마의 가장 위대한 시인)의 「아이네이스」를 번역했다. 그러자 무언가 가슴속에서 치밀어 올랐고, 순간 나도 모르게 그곳을 나와 버렸다.

티모샤의 집에서 떠난 나는 여느 때처럼 폐촌킨 패거리에게도, 자전거 경기장에도, 포두시킨 장군의 장례식에도 가지 않았다. 대신 지붕 밑 다락방으로 몰래 기어 들어가 오랫동안 ‘빅밤’에 버려두었던 교과서를 건초더미 밑에서 끄집어냈다.

그때 가장 기쁘고 반가웠던 건 메이엔도르프 교수의 『혼자 공부하는 영어』책을 다시 대하게 된 일이었다. 나는 그 책에 격렬하게 키스를 퍼부었다. 그리고 다시 책 속의 ‘귀머거리 가수’와 ‘빵집에서 카나리아와 물소를 사는 외눈박이 숙모’가 내 눈앞에서 오락가락할 때는, 정말 미치도록 행복했다.

아직도 나는 이 괴짜 메이엔도르프에게 감사한다. 만일 그의 미치광이 같은 영어책이 아니었다면 나는 셰익스피어도, 윌리엄 블레이크도, 코울리지도, 셸리도, 그 밖에 내가 평생 동안 좋

아한 다른 위대한 영국 시인들의 작품들도 결코 원문으로 읽을
수 없었을 것이다.

다음날 아침, 나는 오랜 망설임 끝에 우리 집 현관으로 다가
갔다. 수치심으로 괴로운 내 얼굴에는 겁먹은 표정이 완연했을
것이다.

어머니는 다림질을 하고 있었다. 나는 어머니에게 호된 꾸지
람을 듣고 울면서 잘못을 빌어야 할 거라고 생각했지만, 어머
니는 내가 집을 나간 적이 전혀 없었던 것처럼 여느 때와 다름
없이 조용하고 다정한 눈길로 나를 바라보았다. 하지만 목소리
는 약간 떨렸다.

"보르시치는 냄비에 있고, 빵은 식탁 위에 냅킨으로 덮어두
었다."

대신 거기 앉아서 책을 읽고 있던 마루샤가 경멸에 가득 찬
눈초리로 나를 쏘아보았다. 뭔가 심하게 가시 돋친 말을 하고
싶은 게 분명했다. 하지만 누나는 마음을 억누르고 온화하게
말했다.

"내가 너라면 삭발하러 갔을 거야."

그러곤 다시 책을 읽기 시작했다.

그날부터 나는 다시 공부에 열중했다. 매일 아침 나는, 전날
밤에 만들어둔 소시지나 버터를 사이에 넣은 큼지막한 샌드위
치를 주머니에 넣고, 익숙한 비탈길을 미끄러져 티모샤를 찾아
갔다. 그리고 둘이서 물리학, 라틴어, 고대 그리스어를 완전히

통달하기로 했다. 티모샤와 나는 이미 전에 둘이 힘을 합쳐 멋지게 해낸 경험이 있었기 때문에 우리의 공부는 빠르게 진행되었다.

그렇게 한 달쯤 지났을 무렵, 나는 달이 밝던 그날 밤 어머니에게 한 약속을 지킬 수 있다는 희망이 되살아났다. 다락방으로 돌아왔을 때, 나는 이제 더 이상 어떤 유혹에도 빠지지 않으리란 것을 알았다.

악마의 유혹은 끝났다. 그리고 이제 다시는, 내 평생 결코 그의 유혹에 빠지는 일은 없을 것이다.

뜻밖의 사건

집을 뛰쳐나갔던 그 슬픈 몇 개월 동안, 게으르고 무분별한 거리의 생활을 하면서 나는 거의 책을 읽지 않았다. 대신 돌아온 후에는 탐욕스럽게 책에 달라붙어서 엄청나게 많은 양의 책을 손에 넣기만 하면 닥치는 대로 읽었다. 나는 디킨즈, 스마일즈(1812~1904, 영국의 사회개혁가), 스펜서(1820~1903, 영국의 철학가), 버클리(1821~1862, 영국의 역사가)를 다 읽었고, 레스코프(1832~1895, 러시아 작가)와 투르게네프를 다 읽었다. 특히 피사레프(1848~1868, 러시아 비평가)의 작품은 나를 당황하게 만들었다. 그 책은 이반 미트로파니치 선생이 내게 준 것이었다.

"절대 아무에게도 보여주지 마라!"

아이처럼 열광하며 피사레프의 작품을 읽다 보면, 나는 금세 스스로 '비판적 사고의 소유자'가 된 기분이 들었다. 그래서 까닭도 없이 마루샤에게 이렇게 표명해서 누나를 낭패스럽게 만들었다.

"나는 오늘부터 춤과 음악과 그 외의 다른 예술들을 인류의 해로운 적으로 간주할 거야! 왜냐하면 그것들은 진보를 향한 인류의 고난에 찬 앞길을 방해하기 때문이지!"

마루샤는 그 말을 듣고 나를 '가엾은 문화 파괴자'라고 했지만, 말투로 보아 누나는 속으로 나를 대견해 하는 것 같았다. 누나는 자기 동생이 '고난에 찬 길', '진보', '인류' 같은 말들을 자유롭게 사용할 수 있도록 학습했다는 것과 '문화 파괴자' 같은 말을 잘 이해하고 있다는 걸 매우 반갑게 받아들였기 때문이다.

어쨌거나 나는 절대로 문화 파괴자가 아니라는 게 별 노력 없이도 밝혀졌다. 한 달도 지나지 않아서 나는 친딜린데르와 칠랴의 결혼식에서 바이올린과 파곳, 플루트에 맞춰 카드리유와 폴카를 신나게 추었다. 바보 같은 내 춤이 '진보를 향한 인류의 고난에 찬 앞길을 방해한다'는 건 깡그리 잊어버렸다.

티모샤는 하루가 다르게 건강을 되찾았고, 9월이 끝날 즈음에는 모든 과목의 시험을 통과했을 뿐만 아니라 나와 함께 세관의 보트 〈태풍호〉를 타고 바다에도 나갈 수 있게 되었다. 하지만 노를 젓기에는 아직도 무리였다. 노인처럼 금세 힘이 빠져버렸다. 그래서 고물에 앉아 느릿느릿 구령을 붙였다. 노를 젓는 일은 나와 리자가 맡았다.

어느 날 우리는 보트놀이를 끔찍하게 싫어하는 료카 크린지나에게 함께 타자고 졸랐다.

나는 이 놀이가 그녀에게 매우 만족스러울 거라고는 생각하지 않았다. 왜냐하면 예의바르고 섬세한 티모샤가 바다에서는 말할 수 없이 거칠어졌기 때문이다.

료카 크린지나가 보트 의자를 걸상이라고 했을 때, 티모샤는 그녀의 말을 이해 못하겠다는 식으로 못 들은 척 무시했다. 선원들의 용어로 '반카'라고 해야 했기 때문이다.

그러나 2~3분이 채 지나지 않아 내가 감히 그의 보트를 로트라고 하자 그는 마구 화를 냈다.

"이 세상에 로트라는 건 어, 없어. 크, 크린지나가 로트라고 하는 건 상관없어. 뱃사람들한테는 거룻배나 증기선이나 평지선이나 보트나 요트라고 해, 해야 해. 그런 건 이, 있으니까. 그렇지만 로트는 어, 없어. 로트라는 말은 크, 크린지나만 새, 생각해내는 말이라고."

그리고 한참 뒤 티모샤가 료카에게 자기에게 페넌트를 건네주도록 지시했다. 하지만 료카는 페넌트가 하얀 작은 깃발이라는 걸 몰랐다. 그녀는 보트 바닥에 있는 물 뜨는 바가지를 집어주었다. 그러자 티모샤는 료카를 무섭게 노려보았다. 료카는 그만 울음을 터뜨리고 말았다. 하는 수 없이 우리는 어떤 방파제의 나무계단에 보트를 대고 료카와 리자를 내려놓았다. 우리 둘만 남았을 때 티모샤는, 평지선에 닭장 속 암탉처럼 가득 모여들었던 멍청한 여자들에 대해 오랫동안 투덜댔다. 그리고 악을 썼다.

"그들은 바다를 사랑하지 않아! 아무것도 모른다고……, 어디가 선수고 어디가 고물인지!"

하지만 보트놀이가 끝나고 세관 부두에 올라서면, 그는 곧

212

다시 온후하고 소심하며 겸손한 티모샤로 돌아왔다.

료카와 나는 곧 화해했다. 가을이 되기 전에 료카는 내게 근사한 과외수업 자리를 구해 주었다. 나는 쾌활하고 똑똑한 두 사내아이에게 라틴어를 가르치게 되었다. 두 아이의 아버지는 몰다비아 사람으로 믿음직하고 품위 있는 시립극장의 좌석안내원이었는데, 성이 바르탄이었다. 바르탄은 한 달에 12루블이란 거금의 수업료를 내게 주었다. 뿐만 아니라 공짜로 극장의 보통석에 들여보내 주었다. 이 극장에서 나는 유명한 피그네르 부부가 출연하는 〈카르멘〉, 〈스페이드의 여왕〉, 〈위그노〉, 〈예브게니오네긴〉 등을 처음으로 관람했다.

이 시기에 내 생활은 완전히 바로잡혔다. 그 사이 눈썹이 짙고 잘생긴 포마삼촌이 다녀갔고, 시골 남자들이 입는 셔츠를 내게 선물로 주었다. 물론 새 옷이 아니어서 깁기조차 했지만, 그게 오히려 매력적이었다. 헌옷시장에서 털이 빠진 모자도 구했다. 나는 왠지 그런 옷을 입으면 기분이 좋아졌다.

봄이 오고 또 여름이 왔다. 우리의 생활도 조금씩 나아졌다.

그런데 갑자기 뜻하지 않은 큰 사건이 터졌다. 그로부터 많은 세월이 지난 지금도, 나는 그때 일을 떠올리면 아픔이 되살아난다.

사건은 이렇게 시작됐다.

어느 날 삽살개를 데리고 산책하러 나온 세르세네비치 부인이 우리 집 옆을 지나다가 나를 보고는 멀리서 소리쳤다.

"안녕?"

나는 놀랐다. 이미 오래전부터 그녀는 나를 모르는 체했기 때문이다. 그녀가 맹하게 생긴 검은 눈에 호기심을 담고 반복했다.

"안녕? 안녕? 그런데 그 친딜린데르…… 뭐였더라…… 시토크 아니면 스토스였던가? 암튼 꽤 재주꾼 같던데! 아나 모르겠네? 뭐 나야 항상 알고 있었지만…… 항상……."

내가 물었다.

"유쟈 시토크 말인가요? 친딜린데르 말이에요? 무슨 말씀이죠?"

"전혀 모르는 모양이네! 제일 친한 친구 아니었어? 누구보다 잘 알고 있어야 하는 거 아닌가!"

그녀는 깔깔대며 말하고는 웃음소리만 남기고 가버렸다.

나는 불안해지기 시작했다. 부인은 뭐가 저렇게 기쁠까? 무슨 일이 벌어진 걸까? 친딜린데르가 대체 뭘 어쨌기에? 그러고 보니, 내가 그를 만나지 못한 지도 꽤 오래되었다.

그는 큰 아르나우츠카야 거리에 있는 말란카의 집 근처에 살았다. 뭔가 좋지 않은 예감이 들어 나는 곧장 그에게 달려갔다.

그들이 사는 곳은 길고 좁은 뜰을 사이에 두고 위아래로 가난한 사람들이 가득 모여 사는 집단부락이었다. 그와 비슷한 뜰을 지닌 집단부락은 우리 도시에 많이 있었다. 그곳에 사는 사람들은 모두 집 안이 아니라 이 뜰에다 석유풍로를 내놓고 물통이나 스튜냄비를 들고 나와 이곳에서 바글거리며 생활했다. 여기서 그들은 해바라기기름으로 고등어를 튀겼고, 문턱에 서서 여기다 설거지물을 뿌리기도 했다. 여기서 싸움질을 했고, 욕지거리를 했고, 화해를 했다. 시끄럽게 떠드는 아이들을 야단치는 소리 역시 거칠고 시끄러워서, 아침부터 밤까지 언제나 소란스러웠다.

처음 그 집을 방문할 땐 집이 무너졌거나 혹은 살인사건 같은 어떤 비극적인 일이 벌어진 게 아닌가 생각하기 십상이다. 하지만 알고 보면 여기도 보통 가정집 뜰이었고, 다르다면 단지 한시도 가만히 있지 못하는 남쪽지방 사람들이 많이 살고 있다는 것뿐이었다.

이곳이 조용해지는 때는 6월이나 7월 중 햇볕이 아주 뜨겁고 강하게 내리쬐는 한낮 동안뿐이다. 그 시간이 되면 모두들 뜰을 비우고 강한 햇살을 피해 좁고 답답한 자기네 방에서 덧문을 굳게 닫고 낮잠을 잤다. 이때는 파리 떼만이 잠자는 그들 위에서 평화롭게 윙윙거릴 뿐 사방이 고요해진다. 그러다 저녁때가 되어 그늘이 지기 시작하면 곧 모든 창문이 활짝 열리고 사람들은 밖으로 몰려나와 또다시 시끌벅적해진다. 그러다 밤이 깊어 남쪽 하늘의 별들이 더욱 아름답게 반짝거릴 무렵에야 겨우 잠잠해진다.

그곳을 지나는 일은 마치 군중의 행렬을 뚫고 지나는 것과도 같다. 게다가 날카롭고 호기심에 가득 찬 수많은 눈길을 받으면서 지나가야 한다. 그러면 이 골목 끄트머리에 이르기도 전에 벌써 핵심이 정해진, 나름 신랄한 별명이 붙곤 한다.

나는 한 여자에게 다가갔다. 그녀는 반쯤 누워 있는 이웃 여자 위로 몸을 숙이고 그녀의 검은머리에서 이를 잡아내고 있었다.

"유쟈 시토크가 여기 어디에 살죠? 친딜린데르 말이에요."

내 말이 떨어지기 무섭게 검은머리 여자가 발딱 일어나 누더기 조끼를 걸친 어떤 대머리 노인을 불렀다. 그녀는 웃기는 얘기라도 알려주듯 즐겁고 들뜬 목소리로 소리쳤다.

"시토크-친딜린데르에게 볼일이 있다네요!"

대머리 노인은 놀란 듯이 나를 쳐다보더니, 진홍색의 윗도리를 입은 노파 쪽으로 돌아서며 그녀에게 나를 가리켰다.

"시토크-친딜린데르에게 볼일이 있대!"

그리고는 둘이 마주보며 큰 소리로 웃었다. 그들과 함께 뜰에 있던 사람들이 모두 웃어댔다.

진실은 어디에?

늙은이, 젊은이 할 것 없이 사방에서 사람들이 몰려나왔다. 아이들은 떼를 지어 다니며 고함을 쳤다. 사람들은 호기심어린 눈길로 나를 주시했다. 마침내 그들 중 한 남자—코가 빨갛고 손에 자를 들고 있는 걸로 보아 재봉사가 분명했다—가 과장된 공손함으로 내게 말했다.

"친딜린데르-시토크를 찾으시나요? 그의 주소를 알고 싶다면 가르쳐 드리지요. 받아 적으세요. 쿨리코보 들판, 시립형무소, 감방 번호는…… 거기 가서 물어보세요."

그는 우리를 둘러싼 사람들 가운데 누군가에게 눈짓을 했다. 사람들이 한꺼번에 와 하고 웃음을 터뜨렸다. 딸기코 남자는 여기서 재담꾼으로 통하는 것 같았다.

친딜린데르가 감방에 있다니! 그럴 수가! 나는 둘러선 사람들을 헤치고 말란카가 사는 지하실로 내려갔다. 거기서 나는 말란카에게 이상하고 믿을 수 없는 이야기를 들었다. 나도, 어머니도, 내 이웃은 물론 경찰관인 콧수염 털보 시모넨코조차도 모두 그가 이미 오래전에 자신의 '전문직'에서 손을 뗐다고 믿

었다. 우리가 정직하고 고결한 사람이라고 여겼던 바로 그 친
딜린데르가 지난 주 화요일 밤 치쿠아노바 부인이 외출하고 없
는 사이, 빈집에 몰래 들어가 귀중품을 넣어두는 작은 보석함,
은스푼, 금시계 등 값비싼 물건들과, 일본에서 보내온 손녀딸
의 어린이용 양산까지 모조리 훔쳐갔다고 했다.

"거짓말! 절대 그럴 리가 없어. 친딜린데르가…… 유쟈
가……."

그 순간 말란카의 땅딸보 남편 털북숭이 사벨리가 침대에서
꾸물대며 일어났다. 졸린 눈에 안짱다리인 그는 더부룩한 구레
나룻이 눈썹까지 거의 뒤덮은 음침하고 불결한 사내였다. 소문
에 의하면, 그는 벌써 몇 해 동안이나 모자도 벗지 않고 큰 장화
도 벗은 일이 없다고 했다. 젊고 착하고, 언제나 조용한 미소를
띠고 부드러운 목소리로 말하는, 바보도 아닌 말란카가 어쩌다
이런 도깨비 같은 사내에게 시집을 가게 됐는지, 지금까지도
나는 알 수가 없다.

말란카 부부가 자리 잡은 지하실은 말이 지하실이지 창문 하
나 없는 땅굴이었다. 낮과 밤의 구별도 없이 탄내가 지독하게
나는 램프불이 희미하게 켜져 있을 뿐이다. 게다가 습기가 차
서 가게에서 사온 빵이 두세 시간도 되지 않아 마치 물에 불린
것처럼 부풀어 오르기 일쑤였다. 사벨리가 덤벼들 기세로 내게
다가왔다.

"거짓말이라고? 그러니까 넌 내가 거짓말쟁이라는 거네."

그의 말에 의하면, 사벨리는 경찰이 친딜린데르의 방을 수색할 때 입회인—그는 형식적인 목격자였다—이었기 때문에 마룻장 밑에서 치쿠아노바 부인의 보석함과 가위, 빗, 손수건과 손녀딸의 양산 등을 찾아내는 걸 두 눈으로 직접 봤다고 했다. 물론 친딜린데르는 그 물건들이 어디서 났는지, 어떻게 자기네 집에 있게 됐는지 알 수 없다고 했다. 치쿠아노바 부인은 그것들을 보자마자 모두 자기 물건이고, 화요일 밤에 자기가 아들의 별장에 간 사이 집에서 도둑맞은 물건이 틀림없다고 소리쳤다. 그런데 친딜린데르가 화요일에…….

나는 더 듣지 않았다. 정말 그랬단 말인가! 그렇다면 친딜린데르는 여러 해 동안 교묘하게 우리를 기만했고, 자신을 어수룩하고 착한 체 가장하며 살았으며, 도둑질을 하려고 창문턱에 올라갔다가 어머니에게 들키자, 자신의 일을 방해한 화풀이로 화분을 집어던졌던 4년 전과 다름없이 여전히 도둑이었다는 얘기였다. 하지만 우린 그를 가장 좋은 친구로 믿었고, 모두의 은혜로운 영향으로 마음을 고쳐먹고 완전히, 정말 완전히 변했다고 믿었다. 칠랴 역시 그렇게 믿었다.

불쌍한 칠랴! 그녀는 남의 물건은 머리핀 하나, 성냥 한 개비도 말없이 집어선 안 된다고 친딜린데르에게 누누이 말하곤 했다. 그런데 갑자기 자기 인생이 도둑과 엮여 있다는 게 밝혀졌으니 얼마나 괴로울까! 그런데 만일 칠랴도……? 아니야, 절대 그럴 리가 없다!

나는 입안이 바싹 마르고 다리에 힘이 빠져 의자에 주저앉았다. 사벨리는 여전히 떠들어댔다.

"칠랴도 끌려갔지…… . 그야 당연하지! 마누라니까. 경찰이 그 여편네한테서 금시계를 찾아내는 날엔 끝장나는 거지…… . 흡혈귀들이 손톱으로 머리털을 다 뜯어버릴걸?"

칠랴는 경찰들이 집을 뒤지며 친딜린데르가 훔쳐 온 금시계를 어디에 감췄느냐고 물었을 때 발끈해서 대들며 경찰을 물어뜯었다고 했다.

"파출소장 카라바시를 물어뜯었다니까…… . 그 사람 주먹이 어떤지…… 알지, 암!"

나는 언제 말란카에게 작별인사를 하고 언제 그 음침한 굴에서 빠져나왔는지, 그리고 어떻게 그 동네를 빠져나와 리브냐야 거리까지 왔는지 전혀 기억할 수 없었다.

어서 빨리 시모넨코에게 가야 해. 시모넨코라면 알겠지…… . 그는 경찰관이니까…… 틀림없이 알고 있을 거야.

다행히 그는 자기네 작은 정원에 나와 있었다. 머리가 허옇게 센 그는 우크라이나 식의 수를 놓은 흰 루바시카(넓은 러시아식 상의)를 입고 뽕나무 아래 앉아서, 왱왱거리는 말벌을 게으르게 쫓으며 버찌 술을 마시고 있었다. 테이블 위에는 그가 저녁마다 부는 피스톤 식 코넷이 놓여 있었다.

"무슨 일인데 그렇게 숨을 헐떡이지?"

"매우 중요한…… 볼일이 있어서요."

"볼일? 자, 앉아라. 앉아서 얘기해 봐. 이제 와서 서기가 될 마음이 생긴 건 아닐 테고?"

"네! 다른 볼일이에요……."

"잠깐 기다려!"

그가 말을 끊고 열려 있는 부엌 창문을 향해 소리쳤다.

"컵 하나 가져와!"

마냐가 컵을 가져와 내 앞에 소리 나게 놓았다. 들척지근한 버찌 술 같은 건 생각만 해도 속이 메스꺼웠다.

"마셔, 차니까. 아니면 맥주가 좋을까?"

나는 컵을 밀어냈다. 그 순간 내 손이 심하게 떨리고 있다는 걸 알았다. 마치 50킬로그램이나 되는 자루를 짊어지고 온 것 같았다. 나는 더듬거리며 말했다.

"친딜린데르가…… 그를 아실 거예요…… 유쟈 시토크 말이에요……."

시모넨코가 눈을 부릅뜨며 소리를 버럭 질렀다.

"도둑놈! 사기꾼! 착실하게 일하며 사는 줄 알았더니 남의 물건에 현혹되다니!"

나는 그를 멍하니 바라봤다. 기가 막혔다.

자기는 집에 있는 설탕 한 조각이나 빵 한 조각도 벌어서 산 적이 없는 뇌물꾼 주제에, 그렇게 함부로 '도둑놈'이니 '남의 물건에 현혹'되느니 같은 말을 하면 안 되지…….

시모넨코는 그새 차분해져서 부드럽고 친절한 목소리로 말했다.

"우리가 친한 사이니까 충고하는데, 괜히 더러운 일에 끼어들지 마라. 나는 너를 좋아하니까 진심으로 말해 주는 거야. 휩쓸려 들어가면 큰일이니까……. 너와 그 녀석은…… 뭐라 했더라? 친딜린데르라 했나……? 암튼 다들 네가 친딜린데르의 친구라고 알고 있잖아. 그러니 휩쓸려 들면 빠져나올 방법이 없어. 우선 너는…… 보호해 줄 아버지가 없으니까……."

나는 작별인사도 하지 않고 뛰쳐나왔다. 곧 뒤에서 기분 나쁜 나팔소리가 들렸다.

그런 일로 시간을 보내느라 라틴어를 가르칠 시간에 늦어질 것 같았다. 나는 바자르나야 거리를 따라 푸시킨스카야 거리를 향해 뛰기 시작했다. 뛰면서 나는 자신에게 말했다.

"정말이지 친딜린데르와 칠랴가 몇 해 동안이나 착실한 사람인 척 가장하고 살 수 있을 만큼 천재적인 배우였나? 친딜린데르가 그녀를 위해 멋진 옷이나 금시계를 언제라도 구해 올 수 있는 도둑이었다면, 칠랴가 아침부터 밤까지 〈굴즈만 엔 롬〉 공장에서 쥐꼬리만 한 월급을 받으며 일하지 않아도 되지 않았을까?"

과외수업을 하러 갔을 때, 나는 바르탄에게 이 사건에 대해 모두 얘기했다. 그가 주저 없이 말했다.

"그런 일이야 종종 있지, 그럼! 셰익스피어의 『오셀로』를 알지? 이아고 같은, 그런 흉악 잔인한 사람도 정의와 정직의 수호

자인 체하는 데 성공했으니까."

배우 같은 좌석안내원 바르탄은 항상 연극무대에서 대사를 읊듯 말하곤 했다. 그는 젊어서부터 극장에서 일했다. 평생 그런 유명한 연극을 헤아릴 수 없을 만큼 많이 봐왔기 때문에, 그는 정직한 사람들의 가면을 쓴 교활한 악당들을 얼마든지 힘 안 들이고 기억해냈다.

나는 문득, 까닭도 없이, 진실과 정직으로 주인을 섬기는 척했던 교활한 해적 존 실버(스티븐슨의 모험소설 『보물섬』에 나오는 해적)가 떠올랐다.

재판

저녁식사 때가 되어 나는 겨우 집으로 돌아왔다. 어머니는 벌써 말란카를 통해 친딜린데르와 칠랴가 체포되었다는 걸 알고 있었다.

부엌 식탁에 앉으면서 내가 말했다.

"그렇게 나쁜 사람들인 줄 몰랐어요! 경건한 척이나 하고…….믿었던 우리가 바보였어요."

어머니는 한참 동안 잠자코 있다가 전혀 흥분하는 기색 없이 조용한 목소리로 천천히 말했다.

"너는 그렇게 생각할지 모르겠다만, 나는 그들이 그런 어리석은 짓은 하지 않았을 것 같구나. 나는 칠랴도 친딜린데르도 잘못이 없다고 믿는단다."

마루샤가 어떤 반박도 허용하지 않는, 자신의 신중하고 책망하는 어투로 말했다.

"말도 안 돼요! 조금만 생각해도 알 수 있잖아요. 만일 정말로 엄마 방에서 엄마가 훔치지도 않은 물건이, 가령 치쿠아노바 부인의 양산과 보석함…… 그 외 다른 물건이 나왔다고 생각해 보세요. 그건 의심의 여지없이 훔쳤다는 증거가 아니겠어요? 절대적으로 '직접 증거'가 되는 거예요."

"절대적으로 '직접 증거'가 되는지는 모르겠다만, 친딜린데르가 도둑이 아니라는 건 확실히 알아."

어머니는 여전히 침착하게 대답했다.

하지만 소바케비치(고골의 『죽은 혼』의 등장인물)를 닮은 재판관은 어머니와 전혀 다르게 생각했다. 사건이 있던 날로부터 2~3주일 뒤에 열린 재판에서 그는, 자기 앞에 선 친딜린데르와 칠랴가 진짜 범인이라고 확신하는 자신의 의견을 확고부동하게 고수했다.

친딜린데르는 치쿠아노바 부인의 집이 털린 그날 밤, 칠랴와 함께 그녀의 이모 집에 갔다가 거기서 자고 왔다고 증언했다. 하지만 부질없게도 재판관은 멸시하는 미소를 지었을 뿐, 그의 증언은 듣지도 않았다. 오히려 피고들에게 공정한 법정을 속이려 들지 말라고 윽박지르며, 모두 3천 루블어치인 치쿠아노바 부인의 귀금속, 보석, 은제품, 식기 등을 어디에 감췄는지 사실대로 말하라고 다그쳤다.

칠랴가 겨우 들릴 만한 낮은 목소리로 대답했다.

"죽이십시오, 차라리 나를 참수하십시오……. 아무리 그래도 내가 하지 않은 걸 했다고 할 수는……."

그리고는 소리를 죽여 울었다.

그녀가 경찰서에서 심하게 매를 맞았다는 걸 나는 나중에야 알게 되었다.

친딜린데르는 괴로움에 지쳐 눈빛마저 흐릿해진 얼굴로 지루하고 힘없이 자기는 양산도 시계도 보석함도 전혀 본 적이 없다는 말만 되풀이했다. 하지만 늙은 재판관은 아주 오래전부터 이런 피고들을 믿지 않는 데 익숙해진 것 같았다. 법정에 나오면 도둑들은 누구나 아무 죄가 없다고 주장했다. 친딜린데르 목소리도 그들처럼 부정확하고 무관심하고 지루했기 때문이다. 반대로 죄가 없는 사람들은 거짓 기소를 항의하지 않던가?

재판관은 그날 앞으로도 열 명쯤은 더 재판을 해야 했기 때문에 어딘가로 무척 서둘러 가야 하는 듯했다. 그는 시계를 보며 증인들이 말하는 사이사이 고함을 쳤다.

"간략히, 짧게!"

재판관이 주의를 기울이며 진지하게 들은 증인은 단 한 사람밖에 없었다. 놀랍게도 그는 게오르그 드라콘디디였다. 얼마 전까지 우리가 귀머거리나 벙어리라고 여겼던 바로 그 드라콘디디 클럽의 조르카 드라콘디디였다. 뚱뚱하게 살찐 게오르그 드라콘디디는 고급 양복을 입고 법정에 나서서 증언했다. 피고는 ○○년 △△월 코리트니코프의 노점을 털었고, ××년에는 9등 문관 에를리흐 미망인의 별장에 침입했으며, 또 명예시민 판튜시킨의 집 다락방에 들어가 그의 속옷가지를 훔쳤다고 했다.

재판관은 이 증인의 증언을 대단한 주의를 기울여 경청하고 나서 다시 한 번 시계를 본 다음 판결을 내리기 위해 자리에서 일어섰다.

바로 그때, 대학 배지를 단 젊은 서기관이 재판관 곁으로 걸어가서 서류철을 보이면서 무슨 말인지 바쁘게 소곤거렸다. 재판관은 얼굴을 찡그렸다. 그래도 서기는 서류철에서 큰 서류를 꺼내서 더욱더 집요하게 소곤거렸다. 그런 후 재판관은 울화를 감추지도 않고, ○○조항과 ○○조항에 의해 죄가 있다고 인정된 유쟈 시토크와 그의 아내 칠랴 시토크의 사건은 좀 더 자세하게 심의해야 할 필요가 있으므로 우선 피고들을 데려가라고 간수에게 명했다.

나는 오늘의 재판 결과를 어머니에게 알려주기 위해 리브나야 거리에 있는 집으로 서둘러 돌아갔다. 그런데 뜻밖에도 어머니는 편두통이 도져 눈이 쑥 들어간 채 창백한 얼굴로 죽은 것처럼 누워 있었다.

내가 조르카의 증언에 대해 얘기하려 하자, 마루샤가 '저리 가'라는 신호로 말렸다. 나는 발끝으로 살며시 걸어서 그 자리를 떠났다. 편두통이 일면 가벼운 소리도 울려서 더욱 머리를 지끈거리게 만들었기 때문이다.

그날 거리에서 나는 리타 바진스카야를 보았다. 내 가슴이 다시 행복하게 뛰기 시작했다. 라일락 빛깔의 아름다운 옷을 입은, 온통 빛나고 기쁨에 넘치는 그녀가 내게는 또다시 이 땅의 번뇌와는 한없이 먼 아름다운 시였고, 환희의 축제였다.

아름다운 곱슬머리를 위로 올려 묶은 그녀가 세르세네비치 부인의 발코니 아래 서서 부인과 생기 넘치게 대화를 나누고 있었다. 나는 당황하여 어찌할 바를 모르고 그녀의 뒤쪽으로 지나갔다. 그때 나는 갑자기 높고 날카롭게 째지는, 뜻하지 않은 그녀의 목소리를 들었다.

"……그렇다니까요. 둘이 마주르카를 춘 거죠, 얘와 걔가요."

나는 그녀가 친딜린데르와 나에 대해 말한다는 걸 알았다. 처음에는 나도 그녀에게 뭔가 악의적인 욕을 해주고 싶었다. 하지만 하고 싶은 만큼 표현해내기에는 내 목소리로는 부족했다. 한순간에 그녀가 몹시 싫어졌다.

나이가 어린 까닭에, 내가 순진한 까닭에, 모든 청소년들처럼 나도 아름다운 아가씨들은 생각도 느낌도 아름다울 거라고 여기는 데 익숙했다. 나는 이 행복한 환상과 결별하는 게 가슴 아팠다. 앞으로 나는 얼마나 더 변변찮은 머리와 얄팍한 느낌을 지닌 아름다운 아가씨를 알아야 하는 걸까!

어쨌거나 내가 친딜린데르의 공범이라고 믿는 건 리타 바진 스카야뿐만이 아니었다. 나중에야 알았지만, 마크리 집에 사는 많은 사람들이 그녀와 같은 생각이었다. 내가 어떤 집으로 칠을 하러 가는 건 다른 집을 쉽게 털어오기 위해 살피러 가는 거라고 소문이 났다.

그런데 사건이 발생했다. 어쩌면 당연한 사건이었다. 며칠 후 조르카 드라콘디디가 데리바소프스카야 거리에 위치한 윤

케르스 은행 영업소에서 체포되었던 것이다.

그때 그는 화려한 양복을 입고 시가를 입에 물고서 1백 루블 짜리 가짜 지폐 몇 장을 환전하려고 애쓰고 있었다. 경찰은 즉시 그의 아파트를 샅샅이 뒤졌지만 아무것도 나오지 않았다. 바로 그날 밤 경찰은 그의 형이 운영하는 〈천연광천수의 집〉을 덮쳤고, 빈 병을 쌓아놓은 구멍 밑바닥에서 금귀고리와 반지 따위의 귀금속을 찾아냈다. 그 가운데는 치쿠아노바 부인의 시계도 섞여 있었다! 조르카는 전문 도둑이었고, 소다수와 시럽 장수인 그의 형 페미스토클은 장물아비였다. 구멍 속에는 치쿠아노바 부인의 시계 외에도 부인이 잊고 있었던 남편의 훈장과 그녀의 상아 부채도 들어 있었다.

그렇다면 치쿠아노바 부인의 물건들이 아르나우츠카야 거리에 있는 친딜린데르의 집에서 나온 까닭은 무엇일까?

친딜린데르의 오두막으로 들어가는 통로에는 반쯤 썩어 덜 컹거리는 널빤지로 된 서너 개의 계단이 있었다. 그 맨 위 계단의 판자를 들어 올리면 그 밑에 친딜린데르의 오두막 지하실의 마룻방으로 통하는 구멍이 열렸다.

그것을 조르카, 즉 게오르그 드라콘디디가 이용한 거였다. 치쿠아노바 부인의 집에서 물건을 턴 후 값비싼 것만 자기가 챙기고, 보석함이나 양산 따위의 값싼 물건들은 친딜린데르의 집에 몰래 던져 넣었다―그는 세든 사람들이 덧문까지 굳게 닫고 방 안에 틀어박혀 낮잠을 자는 햇볕이 가장 뜨거운 시간을 이용했다—. 그런 다음 유쟈 시토크가 치쿠아노바 부인의 집에서 도둑질하여 자기 집 마루 밑에 감췄다고 익명으로 쓴 편지를 파출소장 이반 카라바시에게 보내 밀고한 것이다.

그럼 그가 친딜린데르를 파멸시켜야 할 이유는 무엇이었을까?

이유는 매우 간단했다. 친딜린데르는 열두 살 무렵부터 게오르그 드라콘디디와 마찬가지로 도둑패에 끼어 있었다. 우두머리는 페미스토클이었다. 친딜린데르는 그의 밑에서 약 4년쯤 일하다가 앞에서 이미 말했던 이유로 도둑질에서 손을 떼겠다고 페미스토클에게 고했다. 그러자 페미스토클은 무섭게 화를 냈다.

그는 언젠가는 친딜린데르가 반드시 자신의 검은 사업을 경찰에 밀고할 거라고 믿어 의심치 않았다. 그럼 드라콘디디는 힘들어질 수밖에 없었다. 그는 많은 돈을 주며 친딜린데르를 꾀기도 하고, 도둑질을 그만두지 못하도록 오랫동안 그를 설득하기도 했다.

하지만 친딜린데르는 그의 꾐에 넘어가지 않았을 뿐만 아니라, 떠나며 조르카가 준 값비싼 도둑질용 도구가 가득 담긴 가방을 바다에 던져버리고 말았다. 이런 사실을 알게 된 페미스토클은 더욱더 노발대발하였고, 친딜린데르에게 반드시 복수하겠다고 결심했다.

드라콘디디는 지역경찰을 두려워하지는 않았다. 파출소장

카라바시가 〈천연광천수의 집〉에 대해서는 이미 다 알고 있을 뿐만 아니라, 해가 거듭될수록 드라콘디디에게서 매달 더 많은 돈을 뇌물로 받아왔기 때문에 기꺼이 그의 사업을 못 본 체하던 터였다.

그렇지만 카라바시는 자신이 소장으로 근무하는 파출소의 관할구역에서만 전권을 쥐고 있었다. 즉, 이 작은 구역의 경계 너머에서는 그의 영향력도 없었다. 하지만 드라콘디디는 경찰부장의 수하에 예속되어 있었다. 그러니 친딜린데르가 그를 경찰부장에게 밀고라도 한다면 어떻게 되겠는가? 조속히 조치를 취해야만 했다.

드라콘디디는 친딜린데르가 도둑패와의 모든 관계를 끊고 결혼도 하고 직장에 나간다는 것을 자신의 패거리에게 알렸다. 패거리가 해를 입지 않기 위해서는 친딜린데르를 없애버려야만 했다. 이를 위해 그들이 선택한 것이 도둑질한 물건을 그에게 몰래 던져 넣고 경찰을 부추기는 거였다.

만일 목격자를 찾지 못했다면 친딜린데르는 그들의 음모에서 결코 벗어나지 못했을 것이다. 목격자는 바로 꼽추 이글리츠키였다. 그는 친딜린데르가 사는 곳에서 비스듬히 마주 보이는 건물 2층에 살았는데, 사건이 있던 날 자기 방 창가에 앉아서 류드빅 메이에르와 체스를 두고 있었다. 그러다 무심코 밖을 내다보다가 오막살이로 들어가는 썩은 나무계단 근처에서 꾸물거리는 어떤 작자를 보았다. 그는 어려움 없이 그가 작업복차림의 '벙어리 수도공' 조르카라는 걸 알아보았다. 이글리 츠키는 그때 당시는 아무런 의미도 두지 않았다. 하지만 친딜린 데르가 구금되었다는 소식을 듣자 수도공 조르카의 이상한 행동을 떠올렸고, 어떤 방법으로—지금은 기억나지 않는데, 아마 어떤 힘 있는 친척의 도움을 받았던 것 같다— 평민 유쟈 시토크와 평민 칠랴 시토크의 사건에 대한 재심을 얻어냈던 것이다.

지금은 대체로 많은 부분을 잊었지만, 게오르그 드라콘디디가 법정에서 대단히 뻔뻔스럽게 행동하며 이 일과는 전혀 어떤 관련도 없다고 완강하게 잡아떼던 것과, 눈이 파란 젊은 새 재판관이 치쿠아노바 미망인 집에 침입한 것뿐만 아니라 자기의 죄를 다른 사람에게 덮어씌우려고 시도한 것도 의심의 여지없는 명백한 죄임을 인정했다는 사실을 나는 기억한다.

재판 이후 친딜린데르와 칠랴는 구금에서 풀려났고, 격렬한 환희에 휩싸였다. 군중은 이글리츠키가 데려온 꽤 많은 대학생과 칠랴의 친구 등 대체로 젊은 사람들이었다. 그들은 무죄로 풀려난 두 사람을 둘러싸고 축하도 하고 포옹도 하며 축하의 키스도 했다.

나는 혼자 내 예전 친구들에게 다가가지 못하고, 버려진 사람처럼 한쪽에 서 있었다. 그들을 두 눈으로 바라볼 수 없었다. 그들 부부를 허풍으로 비방하는 안짱다리 무뢰한 사벨리와 '선량한' 부패 경찰 시모넨코를 믿었던 내가 부끄러웠다!

경찰관들의 괴롭힘에 몸은 지쳤지만 한없이 행복한 칠랴와 친딜린데르가 집으로 돌아왔다. 아르나우츠카야 거리 사람들이 기쁨의 환성으로 그들을 맞이했다. 두 사람이 자기네 오막살이로 들어가자마자 시끄럽고 불과 같은 이웃들이 토마토, 가지, 삶은 달걀 따위를 들고 뒤따라 들어왔다.

아마 저녁에 잔치를 벌여 그들이 그것들을 다 먹어치우지 않았다면, 두 사람이 2~3주일은 넉넉히 먹을 수 있는 충분한 양이었다. 의자는 이웃집에서 빌려왔고 식탁은 나무 상자로 대신했다. 딸기코 재봉사와 몸집이 작고 재빠른 그의 부인―그는 자기 아내를 '부인'이라 불렀다―이 말린 물고기를 산만큼 가져왔다. 칠랴의 어머니가 건포도, 호두, 벌꿀과자와 어디서 났는지 맥주가 든 병도 내왔다. 식탁에 앉은 손님들은 다투어 친딜린데르를 축하했고, 모두 하나같이 그의 무죄를 끝까지 믿었다고 떠벌렸다.

이 잔치에서 존경받은 손님으로는 친딜린데르의 목숨을 구해 준 꼽추 이글리츠키가 있었다. 덕분에 그는 매우 성가신 일을 맡게 됐다. 새로운 손님이 올 때마다 그는 밖으로 데리고 나가 다 썩어가는 층계를 들어 올리고, 양심 없는 조르카가 친딜린데르에게 누명을 씌우기 위해 치쿠아노바 부인의 물건을 던져 넣은 구멍을 보여주었다.

구멍을 보고 나서 손님들은 칠랴에게 갔고, 칠랴는 작은 상자에 들어 있는 이빨을 그들에게 돌아가며 보여주었다. 그건 심문을 받을 때 파출소장 카라바시에게 맞아서 부러진 거였다.

손님들은 마치 이빨을 난생 처음 보기라도 하듯이 대단히 주의
깊게 살펴보았다.

나는 친딜린데르에게서 좀 떨어진 곳에 앉아 슬프게 그를 바
라보았다. 핏기가 하나 없는 얼굴이 얼마나 야위었는지! 그는
감옥에 갇혀 있는 동안 자란 구레나룻 때문에 전혀 다른 사람
처럼 보였다. 칠랴 역시 중병을 앓고 난 사람처럼 몹시 창백하
고 초췌했다.

나는 친딜린데르에게 그의 결백을 의심했던 걸 사과하려고
했다. 하지만 그는 끝까지 다 말하기도 전에 내 뒤통수를 가볍
게 툭 치고는, 탁자에서 벌꿀과자 덩어리를 집어 내 앞에 식탁
보 대신 펼쳐놓은 신문지에 내려놓았다.

"너 이 과자 좋아하잖아, 왜 안 먹어?"

그의 다정한 행동이 나를 안심시켰다. 나는 친딜린데르가 나
의 무분별을 용서했다고 이해했다.

그는 나를 용서했지만, 나는 그때의 경솔하고 부끄러운 내
행동을 지금까지 용서하지 못할 뿐 아니라, 그때를 떠올릴 때
마다 가슴이 아프다. 친딜린데르의 사건은 내게 준엄한 가르침
을 주었다. 자신의 비열한 목적을 위해, 보호받지 못하는 사람
들의 선량한 이름을 비방하고 헛소문을 퍼트리는, 양심 없는
사람들의 어떠한 말도 믿지 말아야 한다는 걸 비로소 깨달은
것이다.

나는 내가 정말 좋아하는 벌꿀과자에 손도 대지 않고 살며시

자리에서 빠져나와, 어머니가 저녁을 지어 놓고 기다리는 집으로 돌아왔다. 어머니는 늘 그랬듯이 그날을 어떻게 보냈는지에 대해서는 한마디도 묻지 않고 침묵했다.

크고 작은 변화

　다음해 여름, 나는 전에 함께 공부하던 몇몇 학급 친구들과 우연히 마주쳤다. 그들 거의 모두가 변해 있는 모습에 나는 무척 놀랐다.

　바벤티코프 형제는 학교를 떠나서, 당시는 '지원병'이라고 불리던 여드름투성이 하사관이 되었다.

　스테파 브가이는 어깨가 딱 벌어지고 햇볕에 탄 건장한 사내가 되었고, 선원 모자까지 갖추고 짧은 파이프를 물고서 담배를 피우기 시작했다. 진짜 선원처럼 침을 탁, 뱉기조차 했다.

　여전히 깡마르고 민첩한 무냐 블로힌은 더위에는 아랑곳없이 커다란 보라색 리본이 달린 검고 헐렁한 나사 점퍼에 싸여서, 갑자기 자기가 유명한 배우가 된 것처럼 비극적인 목소리로 시를 낭송하며 주위 사람들을 괴롭히기 시작했다.

　　　나는 어제까지는 아직
　　　나 스스로의 행복을 버렸었다.
　　　이 배부른 자들을 모욕하기 위하여…….

기대를 저버리지 않고, 발렌틴 튜틴은 살찐 돼지가 되어 있었다. 그것이 리타 바진스카야를 몹시 사로잡았던 모양이다. 함께 붙어 있는 그들과 마주치는 일이 잦아졌다. 나는 그녀가 튜틴을 '혐오스러운 꼬락서니'로 생각하지 않는다는 걸 금세 알 수 있었다. 더 이상 나는 그녀에게서 그 어떤 아름다움도 발견할 수 없었다. 그건 내가 이 악의적이고 골 빈 여자애에게 빠졌던 예전의 짝사랑에서 완전히 벗어났다는 증거였다.

우리 학급에서 가장 똑똑했던 로보다와 본다르추크는 방학 동안에 다윈을 읽고서 신은 없으며 종교는 기만이라고 확신하게 되었다. 갑자기 그들과 살아 있는 하느님에 대해 논쟁하고 싶어진 그리고리 주예프는 당장 그들의 학문적 논거를 하나의 짧지 않은 논리로 반박했다. 그리고는 곧바로 포크로프스카야 교회로 달려가서 그들의 신에 대한 모독행위를 멜레티 신부에게 일러바쳤다. 신부는 신앙심이 부족한 이 두 사람을 불러들여 엄한 벌을 내리겠노라고 위협했다.

나 역시 다른 친구들 못지않게 많이 변했다. 뜻하지 않게 내 윗입술에 당돌한 솜털이 자라났다. 나는 이반 미트로파니치 선생의 것과 똑같은 옹이투성이 지팡이를 구했고, 머리를 거의 어깨까지 길렀다.

나는 '청년'이 되었고, 마루샤도 학교를 졸업했다. 한 해 동안 우리의 삶도 바뀌었다. 누나와 나는 학교에서 1~2점을 받는 머리가 둔한 어린 학생들에게 수리, 지리, 러시아어 문법, 대수 등을 개인 교습하여 생활비를 보탰다.

오래, 아주 오랫동안 나와 마루샤와의 관계는 왠지 순조롭지가 않았다. 마음속으로는 누나를 존경하면서도 겉으로는 언제나 거칠게 대했다. 품행이 바르지 못한 어린 동생을 선량함을 지향하게 만들고, 귀중한 지식으로 가치를 높여주려고 애쓰던 누나에게 고집스럽게 반항했던 것을 나는 지금도 아프게 회상한다.

언젠가 내가 식사 도중에 《경작지》잡지에 실린, 누군지 기억나지 않는 어떤 화가의 '애크시즈'를 오늘 봤다고 말했다. 그러자 마루샤가 얼굴을 찡그리고 언제나처럼 교육적인 말투로 내 말을 고쳐주었다.

"'애크시즈'가 아니라 '애스키즈(초벌그림)'라고 말해야 해!"

그 말은 전적으로 옳았다. '애크시즈' 같은 말은 존재하지도 않았다. 하지만 나는 누나의 말이면 무조건 어깃장부터 놓았다. 그 후에도 나는 계속해서 '애크시즈'라고 말했다. 그것이 매번 마루샤를 자극했고, 매번 교육적으로 반복하게 했다.

"애크시즈가 아니라 애스키즈야!"

"나도 그렇게 말했어. 애크시즈라고."

나는 마루샤가 듣고 바로잡아주는 걸 들으려고 일부러 '스코모로흐(고대 러시아의 유랑 악사)'를 자꾸만 '스코로모흐'라고 말했다.

"스코로모흐가 아니라 스코모로흐야."

"나도 스코로모흐라고 했어."

그게 누나를 돌아버리게 했지만, 누나는 꾹 눌러 참고 겉으로는 차분하게 되풀이했다.

"아냐, 애크시즈가 아니고 애스키즈야!"

나는 가장 양심 없는 방식으로 하는 일마다 누나를 반대했다.

언젠가 누나는 나를 데리고 휴일마다 군악대소리가 귀를 찢어버릴 것처럼 가차 없이 울려대는 알렉산드로프스키 공원에서 산책을 했다. 거기서는 아무 생각도 건질 수 없었다. 금관악기의 애곡소리가 멀리 떨어진 공원 끄트머리의 오솔길까지 끈질기게 따라왔다. 자갈이 깔린 오솔길이 발밑에서 달가닥거리며 몸부림쳤고, 양쪽에 늘어선 푯말들이 무섭게 나를 위협했다.

절대 잔디밭 위로 다니지 마시오.
절대 잔디를 뽑지 마시오.
개를 데리고 다니지 마시오.
기타 등등…… 기타 등등……

마루샤 자신도 이 지루한 사람들의 행렬 속에서 걷는 데 지친 게 분명했다. 하지만 누나는 관대하고 경건한 신앙인이었다. 나를 문화적인 휴식에 길들이기 위해 이렇게 음악 속에서 나와 함께 걸으며, 나를 위해 자신을 희생하는 거라고 거룩하게 믿었다. 나는 여기서도 누나의 친절한 배려에 절대 해서는 안 될 짓을 하고 말았다. 두세 바퀴 공원을 돌아다니다가 집으로 돌아올 때, 나는 억제되지 않은 난폭한 말로 소리쳤다.

"이 공원은 정말 지긋지긋해! 난 쇠줄에 묶여서 끌려 다니는 세르세네비치 부인의 삽살개가 아니란 말이야!"

그런 행동은 옳지도 않았고, 지나치게 난폭했다. 나는 왜 그렇게 내가 선해지기를 바라는 사람을 모욕했던지……. 물론 나는 나의 무례한 말들을 금방 후회했지만, 용서도 구하지 않은 채 마루샤를 길에 혼자 남겨두고 '빅밤'을 향해 전속력으로 달려가 버렸다.

이제 우리 관계는 원활해졌다. 성홍열이나 홍역을 치르는 것처럼 나의 철없는 무례함도 해가 갈수록 사라졌다. 어른이 되고서 우리는 사이가 좋아졌다. 공통적인 일이 우리를 더욱 가깝게 만들었다.

우리는 아침부터 밤까지 아둔패기들이 낙제점수의 미로에서 빠져나오도록 그들을 도우며 공부를 가르쳤다. 마루샤는 타고난 교육자였다. 한결같은 인내와 집념으로 3~4개월 안에 가장 뛰어난 우등생으로 바꿔놓는 덕분에 자식을 사랑하는 어머니들은 누나를 거의 마법사로 여길 정도였다.

나도 수업 중에는 절대로 웃지 않고, 진지하고 위엄 있는 누나의 모든 것을 따라하려고 노력했지만 도무지 잘 되지가 않았다. 두 번째나 세 번째 수업쯤 되면 나는 벌써 내가 가르치는 아이들과 함께 부수적인 놀이에 관한 긴 이야기 속으로 빠져들었다. 가령 왕거미 잡는 법이라든가 갈대로 화살 만드는 법, 해적놀이, 산적놀이, 그리고 우토츠킨의 공훈에 대해, '솔로몬 왕의 동굴'에 대해, 셜록 홈즈의 활약에 대해 이야기하곤 했다.

마루샤는 나이가 절반밖에 안 되는 아이들과 허물없이 지낸다고 잔소리를 했다. 하지만 나는 아무리 애를 써도 누나처럼 진지하고 근엄해지질 못했다. 머리를 길게 길러도, 두꺼운 옹이박이 지팡이로 이반 미트로파니치 선생과 똑같이 걸어다니며 돌바닥을 소리 나게 두들겨도 도움이 되지 않았다. 결국 마루샤는 진지하지 못한 내 성격과 화해했다. 나와 누나 간의 모든 불화도 어느 순간이 되자 저절로 사라졌다. 그것도 역시 우리가 어른이 되었다는 증거일 것이다.

우리의 개인교습 수입이 늘었기 때문에 마침내 어머니는 힘든 잡역에서 벗어날 수 있었다. 어머니는 대신에 당신이 좋아하는 일, 그러니까 우크라이나 전통셔츠와 수건에 수를 놓는일을 했다. 어린 시절부터 익혀온 이 기예에 어머니를 따라올자는 없었다. 이미 준비된 무늬를 모방하는 게 아니라, 어머니는 모두 새롭게 창작하여 자유롭게 선과 색채를 묘사하면서 때로는 평자수로 때로는 십자수로 수를 놓았다.

초기에는 어머니가 손수 만든 수예품을 모두 수보츠키에게 넘겼다. 그는 갖가지 방법으로 어머니를 완전히 속이며 적은 돈만을 지불했다. 하지만 1년쯤 지나고부터는 어머니에게 많은 단골고객이 생겼기 때문에 이 거짓말쟁이 사기꾼은 더 이상 필요 없게 되었다.

어머니는 대단히 열성적으로 일했다. 사람들은 모두 어머니의 경탄스러운 수예작품에 열광했다. 특히 어머니와 수예작품 덕분에 상당히 가까워진 프란치스카 할머니와 그녀의 과묵한 자매 말비나 할머니가 누구보다 열광했다.

어머니가 어떤 새로운 수예품을 보여주면 프란치스카 할머니는 말했다.

"예술작품이야! 이건 여기에 두면 안 돼. 전시관에 둬야지. 예술품 전시관에."

말비나 할머니는 아무 말도 하지 않았지만, 프란치스카 할머니의 말에 동의한다는 신호로 위엄 있게 고개를 끄덕였다.

아르나우츠카야 거리의 친딜런데르가 살던 집에선 매우 중요한 두 가지 사건이 거의 동시에 일어났다. 하나는 칠랴가 자기를 꼭 닮은 빨간머리 사내아이 다냐—그들은 이름을 미리 지어두었다—를 낳은 일이고, 또 하나는 말란카가 딸 쌍둥이를 낳은 일이다.

그런데 이 쌍둥이는 세례를 받을 때 보좌신부가 교회 명부에 잘못 기입하는 바람에 둘 다 이름이 말란카가 돼버렸다. 우리 이웃 중의 한 집에서 일을 거들어주던 말란카의 어머니도 역시 말란카였기 때문에 보좌신부의 실수가 나이든 두 말란카를 몹시 괴롭혔다. 그들은 내 어머니의 권유에 따라 쌍둥이 중 한 명은 나탈카, 또 한 명은 프로샤라고 부르기로 하고서야 겨우 진정이 되었다.

쌍둥이를 낳은 뒤 얼마 후 말란카는 졸린 눈의 무뢰배 사벨리를 떠났다. 그는 술꾼에 싸움꾼이었고, 인색한 구두쇠였다. 말란카는 나탈카와 프로샤를 데리고 짐꾼들의 식사 일을 맡아 하는 뚱뚱보 모탸의 집에 터전을 잡았다. 그녀는 이곳에서 빨래를 하고, 저곳에서 유리창 청소를 하고, 또 다른 곳에서는 남의 아기를 봐주면서 날품팔이를 다녔다.

컴컴한 지하실에서 빠져나온 그녀는 이내 민첩하고 피로를 모르며, 도전적이고 냉소적인 예전의 말란카로, 그러니까 우리가 말하는 독설가로 돌아왔다. 어떤 일이라도 만족스럽게 해내는 그녀를 보면 한없이 유쾌해졌다. 자식이 없는 모탸는 말란카의 쌍둥이를 무척 사랑했고, 공동취사장을 말란카에게 맡기고 두 아이를 키웠다.

페미스토클 드라콘디디는 얼마 동안 감옥살이를 했지만, 곧 예전에 하던 일로 돌아갔다. 그는 다시 그의 화려한 수염을 빨강과 파랑, 하늘색 시럽들 위에서 휘날리기 시작했다. 십중팔구 자기 가게에서 찾아낸 보물들을 경찰관들과 대범하게 나눠 가진 게 틀림없었다.

에필로그

핀티-몬티가 자신의 침대 밑에서 손때 묻은 트렁크를 끌어내어 거기서 『D. I. 피사레프 작품집』을 꺼내 엄숙하게 내게 선사한 날로부터 내 소년시절은 영원히 돌아오지 않는 옛날이 되었다.

다시 말하면, 내 소설도 이제 끝났다는 얘기다. 왜냐하면 이 소설은 내 소년시절에 대한 이야기이기 때문이다.

그래도 역시 독자들과 헤어지기 전에 몇 가지 더 하고 싶은 이야기가 있다.

우선 내가 어머니에게 했던 약속에 대해 말해야겠다. 좀 많이 지체되긴 했지만, 마침내 나는 이 약속을 지켜 어머니를 매우 기쁘게 했다. 티모샤도, 블로힌도, 로보다도, 본다르추크도 벌써 오래전에 대학생이 되었지만, 나는 여전히 5학년 때 학교에서 쫓겨난 못 배운 자로 간주되었다. 김나지움 졸업자격 시험을 교육위원회 앞에서 두 번이나 치렀지만, 그때마다 위원회는 나를 낙제시켰다.

3년 만에야 나는 핀티-몬티와 바실리 니키티치 선생이 가르치기 시작한 리셸리예프스키 김나지움에서 시험을 쳤고, 마침내 나는 아무 방해도 없이 매우 좋은 성적으로 김나지움 졸업 증명서를 받게 되었다. 오랫동안 나를 괴롭혔던 일이 그렇게 간단하고 쉽게 해결되자 왠지 모욕감마저 느껴질 정도였다.

나는 내 대학생 모자를 헌옷시장에서 샀다. 나이 든 대학생에게 어울리게끔 일부러 많이 사용하여 낡은 모자를 골랐다. 이 모자가 어머니에게 마술을 부렸다. 이전의 어머니는 외출하는 걸 좋아하지도 않았고, 거의 누구와도 사귀려들지 않았다. 그런데 갑자기 가장 사람들이 많은 곳에서 나와 함께 산책을 하게 되었고, 어느 누구와의 대화에도 망설이지 않고 참여할 수 있게 되었다. 할 수만 있다면 어머니는 사람들에게 자랑을 했을 것이다.

"내 아들이에요, 대학생이죠……." 라고.

마치 여러 해를 형무소에 갇혀 있다 자유로운 세상에 나온 것처럼 어머니는 말도 많아졌다. 사람들과 어울리기도 좋아했으며, 주위의 모든 일에 지나칠 만큼 호기심을 갖게 되었다.

대단히 위엄 있고 우아한 모습을 지닌, 몸매가 아름답고 눈썹이 짙은 어머니는 마치 자신의 아름다움을 처음으로 깨달은 사람처럼 자신을 위해 몇 해 만에 처음으로 새 모자를 샀다. 그리고 겨울 동안에 입을 '로톤다'라고 하는 유행하는 민소매 외투를 재봉사에게 맞췄다. 어느 날은 나와 마루샤와 함께 저 유명한 피그네르 부부의 순회공연을 보러 극장에 가기까지 했다.

하지만 어머니의 대학생 아들 자랑은 그리 오래 지속되지 않았다.

얼마 지나지 않아 어머니는 그동안 만나던 사람들과의 대화에서 이전보다 더 자랑스러운 말을 되뇌게 되었다.

"내 아들 아시죠? 작가랍니다……."

그것은 사실이었다.

내가 인간으로서 최상의 행복이라고 여기며 소심하게 꿈꾸었던 역할이 불시에 내게 주어졌다.

지방 신문에서 아직 많이 부족하고 서툰 나의 '애크시즈'를 게재해 주었고, 그때부터 내 문학 활동은 시작되었다. 그리고 현재까지 문학은 한순간도 끊이지 않고 어느새 벌써 내가 60을 바라볼 때까지 함께 해오고 있다.

이제 나는 오랜 경험을 통해, 비록 가장 눈에 띄지 않는 겸손한 작가라 할지라도, 작가가 참으로 대단히 행복한—말할 수 없는 어려움이 따르기도 하지만— 사람이라는 걸 안다.

지금 독자가 읽은 그리 길지 않은 이 소설을 쓰는 동안에도 나는 참으로 행복했다. 책상 앞에 앉아 펜을 잡고 깨끗한 종이를 내 앞에 끌어다 놓았던 순간, 나는 아득히 먼 나의 소년시절로 돌아갔다. 나는 금세 노인에서 소년으로 바뀌어 하수구를 덮어 놓은 철판 위에서 야생마처럼 뛰었고, 기다란 끌로 녹슨 지붕을 긁어냈으며, 톱니 모양의 높은 담장 꼭대기에 앉아 40도의 뜨거운 태양 아래 목청껏 고함을 질렀다.

"우-우-우토츠킨!"

여러분이 이 책을 읽으며 두려움 없는 나를, 진정한 주인공인 노력을, 자존심 강한 내 어머니를, 사랑스러운 마루샤를, 티모샤를, 핀티-몬티를, 바실리 니키티치를, 친딜린데르를, 포마 삼촌을 아껴준다면 나는 더없이 행복할 것이다.

그리고 고백하건데, 완전한 행복을 위하여 여러분이 프로시카에 대한, 여섯눈에 대한, 쥬자 코젤스키에 대한, 튠틴에 대한, 조르카 드라콘디디에 대한, 사벨리에 대한, 그 밖의— 비록 우리 생활에서 근절했다 할지라도 아직 어느 곳에서든 완전히 사라지지 않은— 혐오를 불러일으키는 부정한 것들에 대한 나의 격한 증오심을 나눠 갖길 바란다.

그것은 지금도 다른 모습의 옷을 입고 우리 삶을 해치려고 하고 있다. 하지만 지금은 그것들을 혼내주는 일이, 이 소설 속에 묘사된 힘들고 불행했던 시대보다 훨씬 쉬울 거라고 나는 진정으로 믿고 싶다.

코르네이 추콥스키

옮긴이 김서연

단국대학교 노어노문학과를 졸업하고, 러시아 극동국립대학교에서 러시아어문학을 공부했다. 단국대학교 대학원에서 러시아문학을 전공했으며, 〈빅토리야 토카레바 중·단편 연구〉로 석사학위를 받았다. 현재 러시아문학 전문 번역가로 일하고 있다. 옮긴 책으로 《눈사태》《토카레바 단편집》《결혼》《계동의 열매》등이 있다.

학교 출입 금지

초판 1쇄 발행 2014년 8월 18일

지은이 ·· 코르네이 추콥스키
옮긴이 ·· 김서연
펴낸이 ·· 김제구

편집 ·· 상현숙
디자인 ·· 정은경디자인
인쇄 · 제본 ·· 한영문화사

펴낸곳 ·· 호메로스
출판등록 ·· 2002년 11월 15일 제22-741호
주소 ·· 121-841 서울시 마포구 서교동 446-36 Y빌딩 2층
전자우편 ·· ries0730@naver.com
전화 ·· 02-332-4037 / 02-332-4031(팩스)

ISBN 978-89-90522-87-0(03890)
값 12,000원

호메로스는 리즈앤북의 인문·소설 브랜드입니다.
잘못 만들어진 책은 서점에서 바꾸어 드립니다.